키워드로 만나는 일본 문화 이야기

키워드로 만나는
일본 문화 이야기

최수진 지음

세나북스

들어가며

언제부터인가 우리는 '키워드'라는 단어에 익숙해졌습니다. 무언가 궁금한 것이 생기면 누구나 인터넷 포털 사이트에 관련 단어를 검색해보곤 합니다. 그러면 대부분의 경우 궁금증을 해소할 정보를 얻을 수 있습니다.

일본 문화에 관심을 가지는 분들도 분명 관련된 키워드를 검색창에 입력하실 겁니다. 통계를 내서 인기 있는 키워드를 추려낸 것은 아니지만 저도 알고 싶고 많은 분이 관심 있어 하는 일본 문화 관련 키워드를 기반으로 책을 쓰면 좋겠다고 생각하게 되었습니다.

이 책에 나오는 일본 문화 관련 키워드로는 #온천 #도쿄 #다도 #도시락 #일본음식 #도쿄맛집 #장인정신 #일본작가 #일본드라마 #일본소설 #일본서점 #일본정원 #일본맥주 #료칸 #오다이바 #아르바이트 #일본출판 등 70개가 넘습니다. 이 키워드와 '일본'이라는 단어를 함께 검색창에 입력하는 분들이 이 책을 읽어주실 것 같습니다. 그리고 이 키워드들은 그냥 키워드라기보다는 '일본 문화 키워드'라는 용어가 더 잘 어울리는 듯합니다.

제가 관심사가 협소하다 보니 좀 더 다양한 일본 문화 키워드들을 다루지는 못했습니다. 2020년에 출간한 『책과 여행으로 만난 일본 문화 이야기』를 많이 읽어주셔서 이 책을 낼 용기를 내게 되었습니다. 이번에도 책을 내기 위해 새로 쓴 원고도 있지만 평소에 블로그 등에 썼던 내용을 다듬어서 낸 것이 대부분입니다.

사실 일본 여행을 더 많이 가고 관련된 독서나 공부를 많이 했다면 좋은 글을 썼을 텐데 아쉬움이 남습니다. 앞으로 평생 제가 해야 할 일이기에 조급함을 버리고 꾸준히 일본에 관한 공부를 계속해 나가겠다는 다짐을 책을 내면서 항상 하게 됩니다.

2015년부터 1인 출판사를 시작하면서 좋은 작가님들과 함께 일본 관련 에세이도 여러 권 출간했습니다. 다년간의 일본에 대한 관심과 독서, 여행이 바탕이 되어 가능했다는 생각이 듭니다. 다행히 세나북스에서 나온 일본 에세이, 일본 여행 에세이를 많은 독자분이 읽어주시고 좋은 평도 해주셨습니다. 어찌 보면 일본에 대한 관심과 일본 여행이라는 취미를 제 직업과 연결했다고도 할 수 있습니다. 정말 감사한 일입니다.

몰랐던 나라에 관심을 가지고, 그 나라 문화를 접하고 들여다보는 일은 즐거운 일이고 삶의 활력소가 됩니다. 저에게 일본 문화를 들여다보는 일이 그렇습니다. 신문을 봐도 일본 관련 기사를 더 유심히 보게 되고 서점에 가도 일본에 대한 신간이 나오면 더 자세히 들여다보게 됩니다. 이런 작은 관심들이 모여 이 글의 재료가 되었습니다.

최근 한·일 관계는 최악으로 치닫고 있습니다. 우리는 일본에 대해 잘 모르고, 그들도 우리에 대해 잘 모른다는 생각이 듭니다. 민간 차원의 교류가 활발해도 국가 간의 관계가 냉랭한 상황에서는 여러 가지로 흥이 나지 않습니다.

한 나라에 관심을 가진다는 것은 무엇을 의미할까요? 일본에도 한국과 한국 문화에 큰 관심을 가진 사람들이 존재합니다. 한국은 일본에게 일본은 한국에게 어떠한 의미가 있는가를 생각하며 이 글들을 썼습니다. 한·일 양국 관계에 조금이나마 도움이 되고자 하는 소망도 담았습니다.

책을 읽으며 저와 함께 일본을 여행하는 기분을 느껴보셨으면 합니다. 새로운 지식과 시각, 통찰을 가지고 감동과 재미를 주는 글을 쓰고자 했지만 능력의 한계를 새삼 느낍니다. 다음 책에서는 더 다양한 키워드로 풍성한 이야기를 들려드리고 싶습니다.

부족한 책이지만 아무쪼록 읽으시는 동안 잘 몰랐던 일본 문화를 알게 되는 즐거움을 느끼실 수 있다면, 저자로서 그보다 기쁜 일은 없을 것입니다.

2022년 1월

최수진

CONTENTS

CONTENTS

새로운 문화와의 만남은

또 다른 세상으로 들어가는 문과 같다

데파치카와 도시락 문화

#식도락 #도시락 #먹거리 #데파치카 #마쓰야긴자

    도쿄는 생각보다 어마어마한 규모의 도시입니다. 도쿄와 그 주변 7개 현, 한국으로 치면 수도권의 인구만 무려 4천 2백만 명 정도라고 합니다. 거의 남한 인구에 육박하는 인구와 인프라가 도쿄와 그 주변에 초 밀집되어 있습니다. 그렇기에 도쿄 여행은 새로움과 신선한 자극을 받기에 충분하죠. 어떤 사람은 도쿄에 가면 '세계 최고를 한자리에서 볼 수 있다'라고 까지 말합니다.

    사람마다 선호하는 분야가 있지만 여행에서 빼놓을 수 없는 건 바로 식도락입니다. 여행을 가기 전 맛집 검색은 필수죠. 하지만 귀찮기도 합니다. 바쁜 일정에 쫓기다가 휴식하러 가는 여행이면 이런 준비는 그 자체로 부담이 되기도 합니다. 하지만 즐거운 여행에서 이왕이면 맛있는 음식도 먹고 싶습니다.

    이럴 때 좋은 방법이 있습니다. 일본 '도시락'을 공략하는 겁니다! 맛있는 도시락이라면 줄을 서는 등 힘을 들이지 않고 다양하고 마음에 드는 음식을 생각보다 쉽게 손에 넣을 수 있을지 모릅니다.

일본 백화점 지하, 일명 데파치카(デパチカ)에 가면 거기에는 끝내주는 도시락이 있습니다. '데파치카'란 일본에서 만들어낸 신조어로 department(백화점, デパート 데파-토) + ちか(지하, 地下 치카)라는 의미입니다. 즉, 백화점 지하층으로 주로 식품이나 식품 재료를 취급하는 곳입니다. 이곳에는 도시락뿐만 아니라 맛있는 먹거리가 넘치도록 있습니다.

일본에서 살던 시절, 신주쿠 오다큐 백화점과 다카시마야 백화점에 자주 갔습니다. 가난한 유학생이라 주로 눈으로 구경하는 신세긴 했지만 말입니다. 가끔 음식을 사 먹어 보기도 했습니다. 지금도 보상심리 때문인지 도쿄에 가면 가장 가보고 싶은 곳이 바로 데파치카입니다. 가서 먹고 싶은 것 다 사 먹을 테야라는 생각을 합니다. (결국 또 돈이 없어서 아주 조금 사서 먹지만 말입니다)

도쿄 백화점 '마쓰야 긴자'에 가면 데파치카의 정수

를 경험할 수 있다고 합니다. 아무래도 마쓰야 백화점
은 역사와 전통을 자랑하고 데파치카는 백화점의 자존
심이니까요. 긴자의 '마쯔자카야' 백화점, '미쓰코시' 백
화점 등에도 데파치카가 있는데 역시 그 주변에서는 마
쓰야 긴자가 가장 유명하다고 합니다.

- 김신회, 『혼자라도 즐거운 도쿄 싱글 식탁』

한 유명인은 해외여행을 하면 백화점에서 많은 시간을
보낸다고 합니다. 나라마다 서로 다른 물건들이 재미있고
경이롭게 느껴지기 때문입니다. 한 나라의 문화 중 먹거
리만큼 그 나라에 대해 많은 것을 이야기해주는 것이 있
을까요? 슈퍼마켓도 좋은 구경거리입니다. 하지만 슈퍼마
켓보다 더 일본에 대해 잘 알 수 있는 장소가 바로 데파치
카라고 생각합니다.

긴자 미즈코시 와인바, 아니 데파치카 매장은 일본이
가진 문화의 힘, 즉 소프트 파워(정보 과학이나 문화·예
술 등이 만드는 영향력. 강제력보다는 매력을 통해 얻
어지는 능력. 군사력이나 경제력을 뜻하는 하드 파워와

대응하는 개념이다)의 성격을 설명해 주는 본보기 중 하나다.

- 유민호, 『일본 내면 풍경』

대부분의 데파치카는 다양한 도시락과 먹거리들 위주로 매장이 형성되어 있습니다. 10% 정도는 채소, 과일, 생선, 고기, 음료 등 일반적인 식료품으로, 90%가 도시락, 생선구이, 일본 과자, 각종 요리, 오뎅(어묵), 덴뿌라(튀김), 케이크, 빵, 스시(초밥), 사시미(생선회) 등으로 구성되어 있습니다.

한국의 돌솥비빔밥 모형을 전시해놓고 조리된 나물 세트를 팔고 있는 코너를 본 적도 있습니다. 한번은 신주쿠 다카시마야 백화점에서 하는 홋카이도 지방의 특산물전(展)에 갔는데 특산물을 사용한 도시락과 요리전이라고 하는 편이 더 어울릴 만큼 해산물을 이용한 도시락과 갖가지 요리가 상품 대부분을 차지하고 있었습니다.

(신주쿠) 이세탄 백화점의 데파치카는 케이크와 타르트, 푸딩 등 '디저트의 천국'이라고 해도 과언이 아니다.

백화점의 이미지를 생각해 아무 브랜드나 입점시키지 않는, 맛이 보증된 브랜드로 가득하다. 신주쿠에는 많은 백화점이 있지만 그중 역사가 깊고 고급 백화점인 이세탄의 지하는 특히 볼거리가 풍성하다. 마트나 편의점보다 조금 비싸지만 보통의 레스토랑보다는 저렴하게 훨씬 맛있는 디저트를 맛볼 수 있다.

- 김은희, 『도쿄를 부탁해』

일본의 슈퍼마켓이나 편의점, 백화점 등에 가보면 도시락 등 조리되어 있어 바로 먹을 수 있는 제품의 종류가 아주 다양하고 비중도 높습니다. 이런 현상은 일본인들의 식생활 경향과 바쁜 일상을 말해줍니다. 도시락은 일본 식생활에서 빼놓을 수 없는 하나의 문화입니다.

이어령 선생님의 『축소 지향의 일본인』에는 도시락은 밥상의 축소형이라는 말이 나옵니다. 어떤 사람들은 일본 도시락에는 일본인의 실용성과 절약 정신이 들어 있다는 이야기도 합니다. 일본인들은 그들이 좋아하는 독특한 문화인 도시락을 현대에 들어서 새로운 필요 때문에 계속 발전시키고 재탄생시키고 있습니다.

일본 출장을 다닐 때는 도시락으로 끼니를 해결하는 일이 많았습니다. 근무하던 오다이바의 텔레콤 센터 2층의 식당가에서 도시락을 사곤 했습니다. 일반 식당에서 도시락을 팔기도 하고 점심시간에만 도시락을 파는 전문가게도 있었습니다.

　도시락 메뉴는 닭고기, 돈가스, 생선구이, 중국식 만두(딤섬), 고로케(크로켓) 등을 주메뉴로 해서 쯔께모노(배추, 오이 등의 일본식 절임 반찬. 단무지가 대표적), 니모노(조림요리) 등으로, 밥과 함께 세트로 담겨 있습니다. 일본에서 가장 흔한 스타일의 도시락이 이런 구성입니다. 미소시루(일본식 된장국)는 따로 50엔에 팔았습니다. 도시락을 사서 가게에 비치된 전자레인지에 3분 정도 데워서 사무실 자리에 가져가서 먹는 것이 일반적이었습니다.

　또 도시락 하면 일본 회사원들에게 빼놓을 수 없는 존재가 바로 편의점 도시락입니다. 회사건물 1층에 있는 편의점은 아침, 점심, 저녁이면 끼니를 해결하려는 직장인들로 발 디딜 틈 없이 붐볐습니다. 저도 아침을 숙소에서 못 먹고 나오는 날이면 편의점에서 오니기리(주먹밥)를 사 먹었습니다. 점심시간에 가끔 편의점 도시락을 사 먹었는데 종류가 정말 다양합니다.

　일본인들이 도시락을 점심 메뉴로 선택하는 이유를 나름대로 생각해 보았는데 옛날부터 도시락을 많이 먹고 좋아해서 일종의 식생활 문화라고 볼 수도 있지만 아무래도 가장 큰 이유는 경제적이기 때문입니다. 도시락집의 경우 가격이 500엔 정도이고 편의점은 가격이 다양해서 300엔~600엔 정도입니다.

　제대로 된 식사를 식당에서 한다면 적어도 750엔 이상이니 도시락이 상대적으로 저렴합니다. 일본인 동료들이 저녁을 회사에서 먹지 않는 이유도 경제적인 이유라고 생각됩니다. 몇 번 점심을 같이 먹자고 했다가 일본 동료가 부담을 느끼는 것 같아서 나중에는 권하지 않았다고 말하는 한국 직원도 있었습니다. 아무래도 같이 먹으면 가격이나 메뉴 등을 자신이 원하는 대로 정하기 어려우니까요.

　또 다른 이유는 일본 사람들의 특성인 것 같습니다. 언젠가 인터넷에 실린 글에 의하면 일본에서 편의점 도시락이 성공한 이유 중 하나가 편의점에서 물건을 살 때 한마디의 말도 필요 없다는 거죠. 기껏해야 '도시락을 데워드릴까요?'라고 점원이 물었을 때 '하이(예)'라는 한마디 말 정도가 필요하다는 겁니다.

몇 년 전 규슈 남단 작은 도시 미야자키에 갔을 때의 일입니다. 일정이 길어서 새로운 볼거리를 찾다가 미야자키 중심가의 백화점에 가보기로 했습니다. 역시 백화점에는 가장 앞선 그 무엇이 있을 것이란 기대 때문입니다.

하지만 놀랍게도 저희가 간 '본벨타 다치바나'라는 미야자키에서 가장 크다는 백화점은 생각보다 규모도 작고 마치 동네의 그저 그런 쇼핑센터 같았습니다. 하지만 지하 식품 매장에 가니 '역시!'라는 생각이 들었습니다.

비교적 한산한 백화점 매장과 달리 지하 매장에는 물건을 사는 사람들이 많았습니다. 먹거리만큼 유행이 빠르고 현지 사람들의 생활을 잘 말해 주는 것이 없습니다. 미야자키는 사실 백화점보다 이온몰이 가장 앞선 쇼핑 문화를 선도하는 곳이라고 합니다. 어디에나 예외는 있는 법이네요.

일본 백화점 지하 식품 판매장에는 분명 우리의 것과 다른 독특한 문화가 있습니다. 위에서도 언급했듯 일본식 먹거리의 결정판을 보는 듯한 느낌입니다. 한국은 사정이 다릅니다. 한국에서 맛있는 음식을 먹으려면 인기 있는 식당에 가야죠. 하지만 일본에서는 백화점 지하에서도 어느 정도 이런 경험이 가능합니다. 일본에 간다면 유명 백화점 지하 매장에 가보세요. 특이한 먹거리와 아름다운 포장을 보면 아이디어가 샘솟습니다. 분명 재미있고 신선한 경험이 될 것입니다.

도쿄 카페 이야기

#도쿄 #커피 #카페 #북카페 #안진

『도쿄의 서점』, 『도쿄의 북카페』는 제가 제일 좋아하는 책입니다. 예전에 제일 좋아하는 책이 뭐냐는 질문을 받으면 '그런 게 꼭 있어야 하나?'라고 생각했는데 이제는 자신 있게 말하곤 합니다. 두 책은 번역서인데 아무래도 제가 책과 서점을 좋아하고 공감 가는 내용이 많아서 이책들을 좋아하는 것 같습니다. 책에 나온 서점과 북카페 중에는 가보고 싶은 곳이 많습니다.

『도쿄의 북카페』에 나오는 '안진(Anjin)'에는 일본 국내외 잡지 과월호가 무려 3만 권이나 있고 마루야마 커피 오리지널 블랜드가 일품이라고 합니다. 마루야마 커피는 독자적인 로스팅 기술을 보유하고 있어 국내외에서 높이 평가받고 있는 가루이자와의 카페라고 합니다. 아, 여기 꼭 가보고 싶다는 생각이 절로 들었습니다.

2016년에는 무려 12년 만에 도쿄에 가게 되었습니다.

제가 가보고 싶은 곳보다는 같이 간 아이들 위주의 여행 계획을 세웠는데 그중 한 곳은 다이칸야마 츠타야 서점 이었습니다. 츠타야의 건물 구조는 특이해서 건물 사이에 연결통로가 있는데 이때 2층에 위치한 카페 내부를 지나야 다른 건물로 갈 수 있었습니다. 어두운 조명의 차분한 분위기의 카페였습니다. 음, 좋은데 하고는 그냥 지나쳤습니다.

그런데 나중에 알고 보니 이 카페가 바로 안진이었습니다! 안진은 다이칸야마 츠타야 2층에 있었던 거죠. 나중에 이 사실을 알고 어찌나 아쉬웠는지. 하긴, 알았다고 해도 혼자 간 것이 아닌 이상 책에 나오는 것처럼 커피를 음미하며 잡지를 보거나 책을 보는 느긋한 카페 나들이는 사실 어려웠을지 모릅니다.

2019년에도 다이칸야마 츠타야에 갈 기회가 있었습니다. 하지만 주말이라 안진에 너무 사람이 많아서 자리가 없었고 여러 사람이 움직이는 일정이라 아쉽게도 또 기회를 놓쳤습니다. 앞으로 꼭 한 번 가보고 싶은 북카페입니다. 오전 9시부터 새벽 2시까지 영업하고 음식 메뉴도 풍성하다고 하니 언젠가 가서 하루종일 머물러 보고 싶네요. 아, 상상만으로도 가슴이 벅차오릅니다.

이런 안타까운(?) 예는 또 있습니다. 2019년 도쿄 방문 때 시간이 충분하지는 않았지만 간다 고서점가도 둘러볼 수 있었습니다. 한 서점에 들어가서 책 한 권과 에코백을 샀는데 나중에 알고 보니 그곳은 '북스 도쿄도(Books Tokyodo)'였습니다. 진보초의 간판격인 유명한 서점인데 그것도 모르고 들어갔습니다.

『도쿄의 서점』을 읽어보면 많은 사람이 북스 도쿄도에 애정과 존경심을 가지고 있다는 느낌이 듭니다. 이렇게 사랑을 받는 서점은 어떤 서점인지 궁금해지지 않으신가요?

책 중간중간에 나오는 일본 문필가들의 에세이도 매력적이고 무척 마음에 들었습니다. 한 에세이에서는 북스 도쿄도와 함께 카츠카레(밥 위에 돈가스를 얹고 카레를 뿌린 음식)로 유명한 '키친 난카이'라는 식당을 소개하고 있습니다. 북스 도쿄도 근처에서 사람들이 줄 서 있는 가게를 봤었는데 나중에 사진을 확인해보니 바로 그곳이 키친 난카이였습니다.

『도쿄의 서점』에 나오는 고미야마 서점 지하의 카페

'간다 브라질'에도 가보고 싶습니다. 에세이에서 글을 쓴 오카자키 다케시라는 작가는 '나는 여기서 금방 사 들고 온 책을 읽는 시간이 세상에서 가장 행복하다'라고 말합니다. 이 기분 왠지 알 것 같습니다.

언젠가 다시 도쿄에 간다면 북스 도쿄도에서 책을 사고, 키친 난카이에서 식사를 한 후 간다 브라질에서 커피를 마시며 새로 산 책을 읽어봐야겠습니다. 마치 일본 현지에 사는 사람처럼 말입니다.

그리고 도쿄 긴자의 '카페 드 람브르(Cafe de l'ambre)'에도 가보고 싶습니다. 도쿄 제일의 커피 명소라고 하는데 7년 전에 이 카페의 주인장이 101세(1914년생)였다고 하니 아직 건재하신지 궁금하네요. 문 연 지 70년이 넘은 오래된 카페인데 커피 맛도 궁금하고 어떤 분위기일지도 궁금합니다.

주인장인 세키구치 이치로(関口一郎) 씨는 긴자가 예전 같지 않다고 해도 양복점이건 커피집이건 작은 가게라도 공부를 열심히 하는 가게는 다 버티고 있다고 말합니다. 그리고 지금 하는 일이 재미있지 않으면 안 된다고도 말합니다. 모든 일에 이 말은 적용될 것 같습니다. 제가 하는 작은 출판사도 마찬가지고요.

 제가 가고 싶은 가게들은 작은 공통점이 있어 보입니
다. 그냥 예쁘고 유명한 가게보다는 작지만 이야기를 품
고 있는 가게들이네요. 저도 이야기를 품은 출판사를 만
들고 싶다는 생각을 하게 됩니다.

일본에서는 왜 다도가 발전했을까?

#다도 #다완 #센노리큐 #야나기무네요시

일본에서 다도회에 참석한 적이 딱 한 번 있습니다. 일본 어학연수 시절 제가 살던 일본 여대생 기숙사에서 마련한 행사였습니다. 외국인이 많은 기숙사니 일본문화체험을 위한 자리였을 겁니다. 기숙사에는 조치대학에서 유학 온 미국인들이 꽤 많았고 한국인도 많았습니다.

그날 다도회에 참석한 이들도 반 이상이 서양 친구들이었습니다. 우리는 상대적으로 덜 궁금하지만 서양 사람들에게 이 미지의 체험은 더욱 가슴 두근거릴 만한 일이 아니었을까요? 녹차를 한 번도 마셔본 적이 없는 친구들도 있었을 겁니다.

다도회의 디테일한 부분은 전혀 기억이 안 납니다. 화과자가 달고 맛있었고 처음 마셔 본 말차의 진하고 그윽한 맛이 떠오르고, 말차를 입에 물고 우거지상 쓰던 한 미국 여학생의 얼굴 정도가 어렴풋이 기억납니다.

우리가 자주 먹는 녹차는 뜨거운 물에 찻잎을 우려낸 것이고 말차(抹茶)는 시루에서 쪄낸 찻잎을 그늘에서 말린 후 잎맥을 제거한 나머지를 맷돌에 곱게 갈아 분말 형태로 만들어 이를 물에 타 마시는 차를 뜻합니다. 맛이 아주 진합니다. 요즘은 말차도 많이들 알고 있지만 20년 전만 해도 아주 생소했습니다.

다도회 사진 한 장 없으니 저의 세심하지 못한 엉터리 기억력을 탓할 뿐입니다. 잘 생각해보면 장소도 문제는 있었습니다. 기억을 잘 못 한다는 것은 인상적이지 않았다는 의미이기도 합니다. 기숙사에 제대로 된 다실(茶室)이 있을 리 없습니다. 기숙사 공용 휴게실에 병풍치고 돗자리 깔고 다도회가 진행되었는데 사실 이쯤 되면 다도회가 아니라 다과회 수준입니다. 다실에 들어가기 전에도 여러 가지 의식 같은 다도의 분위기를 띄우는 행위가 있는데 그런 것들은 편의상 생략되었기 때문입니다. 솔직히 말하면 제 기억에 남아있지 않습니다. 결론은 '제대로 된 다도회에 참여한 경험이 없다'입니다.

어쩌자고 '맛있게 먹었다' 정도만 기억하는지 한탄스럽지만 타고난 먹성은 어찌할 도리가 없습니다. 기무라 타쿠야 주연의 드라마 <히어로>에서 아직도 인상에 남는 장면은 마츠 다카코와 기무라 타쿠야가 범행 용의자인 화과자 장인이 일하던 가게에서 화과자를 대접받아 먹는 장면입니다. 마츠 다카코가 급하게 먹긴 하지만 어찌나 화과자를 맛있게 먹던지. 그 장면을 떠올리면 갑자기 말차와 화과자가 동시에 떠오릅니다. 그리고 마츠 다카코는 가부키 집안 딸이라는 사실이 새삼 떠오릅니다. 그래, 어려서부터 화과자를 많이 먹었을 거야…. 이야기가 옆길로 샜습니다.

일본에 여행으로 가서는 경험하기 어려운 일들이 있습니다. 다도회도 그중 하나입니다. 미리 알아보고 예약을 해야 하니까요. 어학연수나 유학을 간다면 쉽게 정통 일본 다도회에 참가해 볼 수 있을 겁니다. 일본 문화에 관심이 있다면 '일본학 입문'으로써 일본의 다도를 경험해 보는 것이 어떨까 합니다.

일본의 다도는 일본문화, 일본정신, 일본미학의 거의 핵심으로, 일본의 다도를 모른다면 일본문화를 모르는 것이라고 해도 과언이 아니다.

- 유홍준, 『나의 문화유산답사기 일본편 4 : 교토의 명소』

　일본의 다도에서 사용하는 말차 전용 찻사발은 조선의 찻사발이라고 합니다. 이도다완으로 불리며 일본의 국보로 지정된 다완도 있습니다. 다도가 권력의 상징이 되면서 일본에서 쉽게 구할 수 없는 조선의 찻사발을 손에 넣기 위해 임진왜란이 발발했다는 설도 있을 정도입니다. 이러한 내용은 『나의 문화유산답사기 일본편 1 : 규슈』에 상세히 나와 있습니다.

　야나기 무네요시는 다도에 대한 비판을 많이 했는데 이는 다도의 정신보다 찻잔 같은 도구에 집착하는 모습을 보인 다인들이 많았기 때문입니다. 일본 다도에 관해 이야기를 시작하면 일본의 역사, 문화, 인물을 다 아우르게 됩니다. 이런 배경지식도 알면 재미있지만 역시 정통 일본 다도회에 직접 참석해 보고 싶네요. 예약을 하면 불가능하지도 않다는데 다음에 일본에 가면 일본 다도 체험을 꼭 해봐야겠습니다.

　박현아 작가님의 『한 달의 교토』에는 교토의 '겐안'이라는 곳에서 다도 체험하는 내용이 나옵니다. 저는 이 에피소드를 아주 재미있게 읽었습니다. 마치 제가 일본 다도회에 참가한 듯한 기분이 들었습니다. 무려 45분짜리 본격 다도 체험이었다고 하는데 읽어보면 실제로 경험해 보고 싶다는 생각이 절로 듭니다.

아카세가와 겐페이가 쓴 『침묵의 다도, 무언의 전위』에 보면 재미있는 이야기가 나옵니다. 이 책에서 일본의 유명 전위예술가인 저자는 일본 다도를 정립했다는 일본 최고의 다인 '센노리큐'를 통해 자신의 예술론을 펼칩니다. 책 내용에 의하면 현재 일본에서 다도를 즐기는 사람들은 수십만에서 수백만이라고 합니다. 그런데 대부분이 여성입니다. 다성(茶聖) 센노리큐가 살았던 시대의 다도는 남성이 주류였습니다.

최근 들어 '다이시카이'라는 다도회에 참가해보았다. 도쿄에서 열리는 가장 큰 다도회로 네즈미술관의 넓은 정원 안에서 개최되었다. (…) 교토 다실, 가나자와 다실, 도쿄 다실이라는 이름이 붙어 있는데 장사진을 이루고 줄을 선 사람들의 99퍼센트가 여성이었다. (…) 여성이 다도의 주류를 이루게 된 시기는 전국시대의 동란

이 수습된 이후 에도시대 후기에 들어서면서부터다. 세상이 안정되고 여유가 생기자 다도는 여성의 문화센터가 되었다.

- 아카세가와 겐페이,『침묵의 다도, 무언의 전위』

리큐가 살았던 시대는 전국시대로 전쟁에서 언제든 목숨을 잃을 수 있다는 각오를 하고 살아야 했던 시대입니다.

지금 관점에서는 잘 상상이 안 되겠지만 당시 일본에서 다회는 어지간한 세력의 다이묘가 아니면 감히 열 수조차 없을 정도로 '높은 자격을 갖는' 행사였고, 명물 찻사발은 성 한 채의 가격이 나갈 정도로 평가받았다. 거의 매일 생사가 엇갈리는 전쟁터에서 긴장된 시간을 지내야 하는 사무라이들에게 다도는 잠시나마 정신적 가치를 추구하고 마음의 평화를 얻는 특별한 세계로 인식되었기에 이와 관련한 다구들이 특별하게 대접받았던 것이다.

- 조용준,『일본 도자기 여행 : 규슈 7대 조선 가마 편』

현대에 들어서도 다도가 점점 더 인기를 더해가는 이유
는 비록 전쟁 같은 극도의 스트레스를 받는 사회는 아니
지만 다른 형태의 스트레스가 많은 사회가 되기도 했고
생활에 여유가 생기며 문화생활을 즐기려는 여성들이 증
가했기 때문인 듯합니다. 한국에서도 마찬가지로 문화센
터에 가거나 문화를 좀 더 적극적으로 즐기는 사람 대부
분은 여성이 아닌가 합니다. 조선 후기의 대선사로 우리
나라 다도를 정립한 다성(茶聖) 초의선사와 다산 정약용으
로 대표되던 조선의 다도는 다 쇠퇴했지만 일본의 다도만
한·중·일 3국 중 가장 번성한 이유가 궁금했습니다.

> 일본은 전 국민이 차를 마시고, 그중에 25%는 정식
> 으로 다도를 배운다. 각 대학마다 다도부가 있고, 6백여
> 개의 다도파가 있어서 다도를 시대에 맞춰 새롭게 창조
> 하고, 전통을 계승해나간다.
>
> — 홍하상, 『진짜 일본 가짜 일본』

다도가 아니어도 즐길 문화는 많이 있다지만 한국에서
도 다도가 전통으로 잘 계승되었다면 좋았겠다는 아쉬움

은 있습니다. 일본에서 다도가 인기 있고 전통이 계승된 데에는 아주 복합적인 요인이 있었겠지만 역시 역사적으로 히데요시와 리큐의 이야기가 있어서 이 극적인 스토리텔링이 어느 정도 역할을 하지 않았나 생각합니다.

리큐가 조선의 찻사발을 최고의 예술품으로 평가하면서 조선과 조선 문화에 대한 깊은 존경심을 갖고 있었기 때문에 조선은 침략할 수 없는 신성한 땅이라 생각하여 히데요시의 조선 출병을 강력하게 반대했다는 것이다. 이런 주장은 과거에는 역사적 사실과 관계없는 하나의 이야기로만 여겨졌다.

그러나 센코쿠 시대에 오다 노부나가와 히데요시를 섬겼던 마에노 나가야스 집안의 기록이 1987년 『무공야화』란 제목의 책으로 출간되면서, 이 책의 내용에 따라 리큐와 히데요시의 충돌이 실제로 리큐가 조선 침공을 반대했기 때문이란 사실이 밝혀졌다.

- 조용준, 『일본 도자기 여행 : 규슈 7대 조선 가마 편』

하나의 설이라고만 생각했는데 거의 이 내용이 정설인

듯합니다.

하지만 극적인 이야기가 있다고 사람들이 녹차를 좋아한다고 하기에는 뭔가 부족합니다. 홍하상 작가의 말처럼 녹차를 마시는 일이 습관이 되었고 차를 즐기는 즐거움을 많은 사람들이 알기 때문에 다도가 인기 있는 것입니다.

앞에서도 언급했지만 회화, 조각, 도예 등 동양의 고미술품을 전시하고 건축가 구마 겐고가 설계한 것으로 유명한 도쿄의 네즈 미술관에는 정원과 어우러진 작은 다실이 있어서 이 곳에서 다도회를 즐길 수 있다고 합니다. 미술관 창립자인 네즈 가이치로가 이 다실에서 차를 즐겼다고 합니다. 미술관과 차와 다도도 너무 잘 어울립니다.

(참고 - 『도쿄 아트 산책』)

마음을 가라앉히고, 인간을 서두르지 않게 만든다. 마음이 안정되어 있어야 생각이 바르게 되고, 생각이 바르게 되어야 바른 일을 할 수 있다. 그래서인가. 다산 정약용은 '차를 마시는 국민은 흥하고, 술을 마시는 국민은 망한다'고 했다.

- 홍하상, 『진짜 일본 가짜 일본』

신주쿠 규동집 타츠야

#일본음식 #규동 #도쿄맛집 #신주쿠 #타츠야

2019년 10월 딸아이와 단둘이 도쿄 여행을 갔습니다. 도쿄에 계신 작가님들도 뵙고 올 생각으로 떠난 여행길이었습니다. 아침 7시 40분 비행기였는데 사람이 많아서 체크인에 시간도 오래 걸리고 탑승도 지연되고 이래저래 출발 전에 진을 다 뺐습니다. 생각해 보니 이날이 휴일이었습니다. 다시는 휴일에 비행기를 타지 않으리라 다짐했습니다.

나리타에 도착해서 신주쿠까지 갔다가 숙소로 들어가면 하루가 다 갈 것 같았어요. 아, 여행은 하루하루가 너무 소중한데 말입니다. 잠시도 쉴 수가 없었습니다. 한 끼라도 더 특별한 음식을 먹고 가야 한다는 생각에 마침 가지고 간 책 『진짜 도쿄 맛집을 알려줄게요』를 뒤적였습니다. 현지인이 추천하는 도쿄 맛집이라는 솔깃한 제안의 책입니다.

규동(牛丼 ぎゅうどん)이 먹고 싶다는 딸아이를 위해 나리타 익스프레스가 도착하는 신주쿠의 규동집을 찾아봤습니다. 신주쿠에 괜찮은 규동집 '타츠야(たつ屋)'가 있다고 해서 이곳으로 낙점! 가게 위치는 JR신주쿠역 동남출구 도보 3분, 책에 나온 주소를 보고 구글맵을 켜고 찾아갔습니다.

타츠야도 원래 요시노야나 마츠야처럼 규동 체인점이었는데 점포 수가 줄어서 지금은 신주쿠점 하나만 남았다고 합니다. 규동에는 역시 날계란! 계란을 시켜서 규동에 퐁 하고 넣어 먹었습니다. 여기에 미소시루까지 곁들이면 정말 최고인데 말입니다. 두부가 들어 있는 특이한 규동이었는데 정말 맛있었습니다. 특히 녹차를 같이 주는데너무 부드럽고 맛있었어요! 카츠동은 460엔. 다시 가게되면 카츠동도 먹어보고 싶습니다. 토리동은 410엔.

책 『진짜 도쿄 맛집을 알려줄게요』에서는 타르타르토리동을 추천하고 있네요. 460엔! 가성비 좋고 맛있는 돈부리 집입니다. 1969년부터 영업을 했다고 하네요. 규동은 돈부리라는 일본 음식 종류 중 하나입니다.

돈부리는 큰 그릇에 밥을 담고 그 위에 여러 가지 재료를 얹어서 먹는 일본식 덮밥을 의미하는데 규동은 쇠고기와 양파를 간장과 설탕으로 요리하여 얹은 쇠고기덮밥입니다. 규동 사진에는 항상 양파가 앙상블을 이루고 있죠. 카츠동은 돈가스 덮밥, 토리동은 닭고기 덮밥입니다.

저도 일본에서 어학연수 하던 시절과 도쿄로 출장 다니던 시절에 규동을 많이 먹었습니다. 요시노야가 다른 규동 체인점보다 좀 비싸긴 해도 참 맛있었습니다. 요시노야가 바로 규동 체인의 원조라고 합니다. 지금은 스키야(すき家), 요시노야(吉野家), 마쓰야(松屋)의 삼파전 양상입니다.

일본에 가기 전, 오사카는 나의 관심 밖이었다. 특별한 애정도 기대도 없이 간 곳이었다. 그러나 1년 동안 살며 오사카는 정말 '나를 위한 맞춤 도시' 같다는 생각마저 하게 되었다. 눈이 즐겁고 입이 호강하는 오사카!

일단 오사카의 대표 먹거리, 지글지글 불판 위의 오코노미야키(おこのみやき)와 다코야키(たこやき)! 그리고 간장에 푹! 찍어서 먹는 달짝지근한 구시카쓰(串カツ), 한겨울 손과 발이 차고 마음이 시릴 때 먹었던 사장님표

각종 나베(なべ, 일본식 전골), 따끈따끈한 우동! 돈을 아껴야 할 때 자주 먹던 요시노야(yoshinoya)의 규동(ぎゅうどん), 한입에 안 들어가던 엄청난 크기의 신선한 스시(すし, 초밥), 사장님과 함께 손님이 없을 때 자주 갔던 집 앞 이자카야의 오늘의 추천메뉴들! 그리고 하루의 피로를 풀어주던 나마비루(生ビール, 생맥주)까지!

-『한 번쯤 일본에서 살아본다면』,
유아영, "혈혈단신, 일본 워킹홀리데이에 도전하다"

유아영 작가님의 "혈혈단신, 일본 워킹홀리데이에 도전하다"를 읽다 보면 입에 침이 고입니다. 그나저나 갑자기 규동이 먹고 싶어지네요.

시니세와 모노즈쿠리 그리고 장인정신

#장인정신 #시니세 #모노즈쿠리 #일본택시 #일본안전신화

일본에 여행 가면 택시를 많이 이용합니다. 일반적으로 일본 택시는 제복을 잘 차려입은 기사, 청결함, 눈처럼 하얀 깔끔한 덮개가 씌워진 차량 내부, 그리고 친절함으로 요약됩니다. 택시 기사에게서 직업에 대한 자긍심, 프로정신을 느낄 수 있습니다.

오키나와 여행 중 택시를 탔는데 택시 기사님에게 전화가 왔습니다. 아주 잠시 통화하더니 이렇게 말씀하십니다. 나이 지긋한 기사분이었습니다.

"관광객이 투어를 하고 싶다는데 4시간 안에 세 군데를 가자고 하네요. 하지만 그렇게 하려면 과속해야 하고 너무 위험합니다. 손님도 제대로 된 관광을 하기 어렵다고 생각해서 거절했습니다. 뭐든 순리대로 해야지 억지로 하면 문제가 생기죠."

이 말을 듣고 부럽다는 생각이 먼저 들었습니다. 일을 빡빡하게 하지 않아도 되는 여유, 자신의 소신을 지키면서 일할 수 있는 환경이 부러웠습니다. 돈은 조금 덜 벌어도 내가 생각한 대로 안전과 소신을 지키면서 일을 한다는 것, 이런 생각은 사회의 안전을 위해서도 필요합니다. 문득 일본 택시 기사의 직업에 대한 자긍심과 프로정신은 '장인 정신'에 다름이 아니며 일본의 안전 신화와도 연결된다는 생각이 들었습니다.

일본에 안전을 특별히 중요시하는 문화가 존재하는 것은 일본의 지리적 특성과도 무관하지 않을 것입니다. 일본의 국토 개발 전문가들은 "일본에서 안전하게 살 수 있는 토지는 없다. 그것이 우리의 숙명이다."라고 말합니다. 거대한 자연재해인 지진, 태풍에 취약한 일본. 거기에 원자력 발전소 사고까지 일어났습니다. 일본을 보며 과연 자연 앞에 인간은 얼마나 무력한지 실감하지 않을 수 없습니다.

사실 일본의 안전 신화는 2011년 11월의 동일본 대지진으로 큰 타격을 입었지만 지금도 일본은 안정을 위한 최선의 국가적, 개인적 노력을 하고 있습니다. 비록 원전 사

태는 겪었지만 일본의 안전에 대한 기본 생각은 전혀 변하지 않았습니다. 그리고 일본 안전 신화의 바탕에는 위에서 언급했던 장인정신, 그리고 '모노즈쿠리'라는 것이 있습니다. 모노즈쿠리의 의미는 '물건을 만드는 것'이지만 다른 의미로 더 많이 쓰입니다.

모노즈쿠리에 대한 설명을 보면 "장인 정신을 바탕으로 한 일본의 독특한 제조 문화를 일컫는 대명사로, 일본 제조업의 혼(魂)이자 일본의 자존심을 상징하기도 함. 일본 기업의 경쟁력 요인을 설명할 때 자주 인용되는 말로, 1990년대 후반부터 활발히 쓰임"이라고 되어있습니다. 간단하게 말하면 '장인 정신이 깃든 일본 제조업' 정도가 됩니다.

이런 일본 장인정신과 안전 신화가 현대의 첨단 기술과 만나 실제로 구현된 결정체이자 대표 격은 바로 세계 최초의 고속열차인 '신칸센'입니다. 신칸센은 무려 '50년 사상(死傷) 제로' 기록을 지난 2014년 10월에 세워서 화제가 되었습니다. 2004년 10월, 일본 니가타현에서 지진이 발생, 신칸센을 덮친 사고가 있었습니다. 시속 200킬로로 나가오카 역 부근을 주행 중에 탈선한 것입니다. 하지만 다행히 한 명의 부상자도 나오지 않았는데 영업 중 탈선 사고는 신칸센 개통 이후 이 사고가 처음이었다고 합니다.

한신·아와지 대지진(1995년 1월 17일 일본 효고현(兵庫縣)의 고베시와 한신 지역에서 발생한 대지진으로 일본 지진관측 사상 최대 규모의 지진으로, 6,300여 명이 사망하고 1,400억 달러의 피해를 냈다) 이후 신칸센 관리 회사인 'JR동일본'은 교각 등의 보강 공사를 철저하게 진행해 왔습니다. 이런 노력 덕에 나가오카 역 사고에서 고가도로의 붕괴를 막고 사상자가 나오지 않을 수 있었다고 합니다.

동일본 대지진 발생 시에는 27개의 신칸센 열차가 운행되고 있었지만 모두 긴급 정지하여 역시 인명 피해는 나오지 않았습니다. 비록 원전 사고로 '안전 신화'의 붕괴를 모두 언급했지만 다른 한 편에서는 또 다른 안전 신화가 존재하고 있었습니다.

안전에 대한 기대는 비단 탈 거리뿐만이 아니라 먹을거리에도 존재합니다. 한국에서도 가끔 먹을거리에 의한 충격적인 사건들이 보도되고는 합니다. 우리는 우리의 먹을거리에 안심할 수 있을까요?

일본의 식품 안전에 대한 관심은 각별해 보입니다. 교토에는 몇백 년 된 음식점이 즐비합니다. 음식 장인들의 자부심이 없이는 대를 이어 일을 한다는 것은 힘든 일일 것입니다. 음식뿐만 아니라 각종 식재료인 간장, 시치미(七味 - 7가지 일본 양념, 칠레 고추, 참깨, 김, 말린 만다린, 검은 대마 열매, 흰 양귀비 열매 등) 등도 대를 이어 만들어 파는 장인이 많습니다. 아무래도 대를 이었다는, 그리고 역사가 길다는 것은 '신뢰', '안전'이라는 말을 떠올리게 합니다. 일본에는 어떻게 이런 긴 역사를 가진 가게가 많을까요?

일본에서는 이미 17세기 초인 에도시대(1603~1867)부터 '기술직을 존중하는 의식'이 정착되었습니다. 우리나라의 조선왕조 광해군(1608~1623 재위) 시대가 막 시작되었던 시기입니다. 그 때문에 칼을 들고 백성들을 수탈하고 서민들을 괴롭히던 지배층인 사무라이보다는 땀 흘려 일하는 부지런한 장인과 장인의 물건을 서민들에게 제대로 공급 시켜 주는 시니세(老鋪, 오랜 전통을 가진 기업이나 상점)의 상인들을 존중하게 되었다고 합니다. 더구나 아들, 손자로 기술을 계승시키는 데서 이른바 '장인정신'을 기리는 풍조가 싹트게도 되었습니다.

일본의 100년 정도 된 회사들을 분석해 본 결과 업종별로 청주제조업이 784개 사로 가장 많았고 료칸(旅館 - 일본의 전통 숙박업소)이 646개 사, 과자 제조판매업체가 514개 사 등 먹을거리에 관련된 회사가 압도적으로 높았다고 합니다. 이런 먹을거리 제조에서 발휘되고 존중되어 온 장인정신은 다시 현대의 첨단 기술과 산업화에 이어져 내려오고 있습니다.

기업의 평균 수명은 서구에서도 20년을 넘지 않고 한국에선 신생 기업의 40%가 5년 안에 문을 닫는다는 통계도 있습니다. 하지만 일본에는 100년 이상 된 가게, 기업이 2만 3,700개라고 합니다. 앞에서도 언급한 시니세라고 불리는 가게들입니다.

일본 최대의 신용조사업체인 데이코쿠데이터뱅크의 자료에 의하면 100년 이상의 역사를 가진 기업은 2만 304개 사, 200년 기업은 1천 241개 사, 300년 기업은 582개 사, 400년 기업은 154개 사, 500년 기업은 34개 사라고 합니다. (2008년 4월 기준)

일본은 '모노즈쿠리' 등 한 분야에서 탁월함을 보이는

장인정신을 높이 평가하는 나라입니다. 일본의 제조업은 "경쟁력의 핵심은 기술력"이라며 연구·개발(R&D)에 목숨을 거는 일본 특유의 풍토가 있습니다. 노벨상 수상으로 유명한 시마즈 제작소의 경우 연간 매출액이 2천 624억 엔 정도로 그리 큰 규모가 아닙니다. 그런데도 세계적인 대기업들을 제치고 노벨상 수상자를 배출했는데 그 원동력은 바로 연구개발에 있었습니다. "돈이 되는 제품보다 남이 안 만드는 제품을 만들려는 기업 풍토"가 있었다고 합니다. 그리고 또 강조하는 것이 있습니다. "세계 최초나 일본 최초의 제품을 만들려면 응용 기술만 가지고는 안 된다. '기초기술'이 튼튼해야 한다."라고 말합니다.

우리나라도 기초기술의 중요성을 깨닫고 1980년대 후반 이후 국내 과학계가 엄청난 노력을 했고 정부의 연구비 지원과 정책이 있었습니다. 그 결과 1990년 이후 25년이라는 짧은 시간 동안 한국 과학계는 과학 후진국에서 '세계 10위의 과학 대국'으로 발돋움했습니다. 우리나라가 향후 노벨상을 타기 위해서는 일본을 비롯한 선진국의 창의 정신과 과학 전통을 배울 필요가 있습니다.

바로 시마즈 제작소처럼 남들이 유망하다고 하는 연구

를 따라 하는 것이 아니라 당장 돈이 안 되는 듯 보이지만 남이 하지 않는 연구를 하고 스스로 유망한 분야를 개척하는 정신이 필요합니다. 어쩌면 일본의 노벨상도 일본의 '장인 정신'과 그 맥을 같이 하고 있는지도 모릅니다.

[참고 자료]
서영아, 천광암,『믿음을 팔아라』
홍윤기,『일본문화백과』
신문 기사 : 동아일보 칼럼, "한국인 노벨 과학상, 20년내 가망 없다" (염한웅 포스텍 물리학과 교수)

도쿄대 출신 엄마의 비밀

#도쿄대 #일본교육 #자녀교육 #교토대

일본 잡지 AREA에 흥미로운 기사가 있었습니다. 2015년 4월 27일 자의 메인 타이틀은 <도쿄대는 계속 잘 나갈까?>이고 관련된 기사들이 많이 실려있었습니다.

그중 하나가 "도쿄대 출신 엄마의 교육 딜레마"입니다. 예전에 한국 신문에도 서울대 출신 엄마들이 본인이 서울대 출신이라는 사실을 주변 엄마들에게 숨긴다는 기사가 있었는데요, 도쿄대 출신 엄마들도 마찬가지라고 합니다. 도대체 그 이유는 무엇일까요?

기사의 일부를 좀 인용해 보면 이런 내용이 나옵니다.

도쿄대 출신 여성에게 도쿄대 출신이라는 빛나는 칭호는 자녀 교육에서도 학력을 더 의식하게 만든다. 자신과 같은 길을 가리라 생각하며 자녀에게 기대하고 공부에 열정을 다하기도 하고 자신은 그렇게 열심히 공부를 안 해도 잘했는데 이 아이는 이렇게 해도 왜 안 되나

하고 생각한다.

번역회사를 경영하는 도쿄대 문학부 출신 (51세) ○○상은 아이가 초등 1학년 때 아이가 하는 말을 듣고 무척 놀랐다. 때는 바야흐로 영어 조기 교육이 유행이던 때였는데 아이가 "나도 다른 친구들처럼 영어 잘 말하고 싶어"라고 했다는 것. "공부는 언제든지 가능합니다. 서두를 필요는 없다고 생각해요" ○○상은 학창 시절 항상 성적이 톱이었다. 공부를 별로 안 해도 그랬다. 실제로 도쿄대 출신 엄마 중에는 ○○상처럼 "공부를 그냥 잘해서 도쿄대에 들어갔어요"라는 타입이 많다. 그래서 아무래도 조기 교육에는 그리 열정적이지 않다. 도쿄대 합격을 목표로 하는 주변 엄마들을 보면 의문스러워 하는 도쿄대 출신 엄마들이 많다.

"그렇게 해서 아이를 위하는 것이라 할 수 있을까요. 하지만 도쿄대 출신인 제가 그런 이야기를 하면 좀 이상하니 가만히 있습니다."

엄마들 사이에서 '도쿄대 출신'은 들키지 않도록 주의한다. 엄마 친구(마마토모) 세계에서는 서는 위치가 중요하기 때문에 조심해야 한다. 엄마들을 사귈 때 들키지 않도록 주의한다.

- <AREA>, '도쿄대는 계속 잘 나갈까?'

아무래도 본인이 일본 최고 대학을 나오면 주변의 시선이 많이 신경 쓰일 것 같습니다. 자녀 교육에 열정적이어도, 무관심해도, 주변으로부터 어떤 말을 들을 수 있기 때문입니다.

그리고 무엇보다 도쿄대 출신 엄마들이 자신의 아이를 도쿄대에 보내고 싶지 않아 하는 이유가 또 있습니다. 사실 이건 엄마가 도쿄대 출신이든 아니든 다 해당하는 일반적이고 상식적인 이야기이기도 합니다.

이 잡지 특집의 주제는 <도쿄대는 계속 잘 나갈까?>라는 메인 타이틀에서도 알 수 있듯이 도쿄대가 위기감을 느끼고 있다는 겁니다. 한국의 서울대처럼 가장 좋은 일본의 대학이지만 교토대 등 다른 명문대의 추격이 심상치 않고 과연 도쿄대를 나오는 것으로 행복할 수 있을까 같은 이야기를 하고 있습니다. 저는 이 기사를 읽고 도쿄대를 서울대로 바꾸면 우리의 실정과 전혀 다르지 않다고 생각했습니다.

일본에도 어떻게 해서든 좋은 대학 보내려고 발버둥 치는 엄마들이 존재하지만 그게 과연 옳은 길인가에 대해 이 기사도 의문을 표합니다. 도쿄대 자체가 목적이 되어서는 안 된다는 거죠. 아이의 행복과 적성을 먼저 생각하는 것이 중요하기 때문입니다. 너무나도 당연하지만 이 당연한 걸 못 하는 부모도 많은 것이 현실입니다.

53세, 도쿄대 이학부를 졸업하고 지금은 중학생의 엄마인 여성은 어떤 대학에 가는가보다 어떤 일을 하고 싶은가를 찾는 것이 중요하다고 인터뷰에서 말했다. 도쿄대에는 머리 좋은 사람이 많아서 "이걸 하고 싶어서 대학에 갔다"라는 확고한 그 무엇이 없으면 바로 무너지고 만다. 도쿄대 합격만을 목표로 중·고 시절 공부를 하면 입학 후 자기 자신을 잃고 침울해질 수 있다.

- <AREA>, '도쿄대는 계속 잘 나갈까?'

어떤 분 말씀이 아는 아이가 외국의 유명 대학에 들어갔다고 합니다. 정말 노력을 했겠죠. 그런데 막상 가보니 기가 막힌 것이 천재들이 그렇게 많더랍니다. 자기는 죽을 등 살 등 해도 못 따라가겠는데 할 거 다 하고 놀 거 다 노는 아이가 제일 성적이 좋은 걸 보고 완전 기가 죽었다고 합니다. 아무리 열심히 해도 이 세상 어딘가에 나보다 잘하는 사람이 있습니다. 그러니 무의미한 경쟁보다는 정말 내가 잘하고 즐겁게 할 수 있는 그 무엇을 찾는 것이 더 나은 삶이 아닌가 생각합니다. 그래도 요즘은 한국도 서울대 간판보다는 실리적으로 가고 있죠.

3천 명 가까이 부모와 자녀들을 카운셀링한 메이지 대학의 문학부 교수는 도쿄대 부모에는 두 가지 타입이 있다고 말한다. 하나는 도쿄대 간다고 행복해진다고 할 수 없다는 부모(현실을 제대로 보고 있는 부모) 또 한 부모는 현실을 보지 않으려는 부모다. 이 두 번째 타입은 아이도 부모도 너무 달려서 결국 자신감을 잃게 된다. 도쿄대를 나와 취직을 해도 금방 이직, 프라이드가 없기에 프리타나 니트로 살 가능성이 높다. 아이를 기르는데 중요한 것은 아이가 자신감을 가지고 다시 일어서는 힘을 길러 주는 것이다. 이런 힘은 취직하고 결혼하는 힘과도 연결되고 긴 안목으로 아이의 행복을 위해 최선을 다하는 것이 학력보다 중요하다.

- <AREA>, '도쿄대는 계속 잘 나갈까?'

하나하나 다 맞는 말이고 우리의 현실과도 다를 바가 없습니다. AREA의 기사는 2015년 내용인데 지금도 별반 변한 것이 없어 보입니다.

다치바나 다카시의 『도쿄대생은 바보가 되었는가』는 이미 20년 전에 한국에서 번역되어 나온 책인데 내용을 보면 그 당시도 이미 도쿄대를 비롯한 일본 대학 교육은 문제가 많았고 지금도 마찬가지로 보입니다. 한국도 결코 다르지 않고요.

어떻게 보면 도쿄대학 학생들은 일본형 주입식 교육의 세계 속에서만 슈퍼 엘리트로 존재한다고 말할 수 있습니다. (…) 무조건 어려운 문제를 출제하라는 것이 아니라 폭넓은 사고력을 갖춘 학생이 아니면 통과할 수 없는 내용을 채택해야 한다는 뜻이지요. (…) 영어 단어를 외우거나 수학 공식을 외우기 위해 엄청난 시간을 낭비할 필요가 없습니다. 오늘날의 여러 지식 분야에서는 더 이상 암기 능력을 필요로 하지 않습니다. 오히려 이미 어딘가에 존재하는 것을 정확하게 참조하여 이용하는 능력이 더 중요해졌습니다.

- 다치바나 다카시, 『도쿄대생은 바보가 되었는가』

자세히 읽어보면 잡지에서 내린 결론과 다를 것이 없습니다. 도쿄대는 교토대에도 여러 가지 면에서 밀리는 모습을 보이는데 교토대학은 교육 방식이 조금 더 나아 보입니다.

교토대학은 독창성이 요구되는 연구 부문에서 노벨상 수상자를 배출한 데 비해, 도쿄대학은 그런 수상자를 배출하지 못했다. 이런 상황도 교토대학이 법학부를 포함한 전체 대학 차원에서 자유로운 탐구가 중심이 되는 교육 방식을 채택했다는 사실과 관련이 깊다.

- <AREA>, '도쿄대는 계속 잘 나갈까?'

수년 전에 모 신문사에서 주관한 학부모 대상 유료 강연회에 참석한 적이 있습니다. 한 강사는 EBS에도 출연

하고 엄마들 사이에서 유명한 사람인데 강연의 요지가 바로 이거였습니다.

"내가 서울대 나와보니 사회 생활하는데 너무 좋더라. 당신의 자녀도 꼭 서울대 보내라, 아니 보내야만 한다."

이게 무슨 말인지 원. 결국 이 강사는 자기가 운영하는 스파르타식 학원 홍보가 목적이었습니다. 무엇이 아이들의 행복을 위한 것인지에 대한 근본적이고 철학적인 물음은 끼어들 여지가 없습니다. 이 강사는 아직도 저런 강연을 하고 다니겠죠. 이게 2022년 대한민국의 교육 현실입니다.

국경의 긴 터널을 빠져나오자 눈의 고장이었다

#일본소설 #설국 #가와바타야스나리 #눈

国境の長いトンネルを抜けると雪国であっだ。夜の底が
白くなった。

국경의 긴 터널을 빠져나오자, 눈의 고장이었다. 밤의
밑바닥이 하얘졌다.

- 가와바타 야스나리, 『설국』

일전에 중앙일보에 최재천 교수님이 '내 마음의 명문
장'으로 소개한 가와바타 야스나리의 소설 『설국』 첫 두
문장입니다.

1968년 가와바타 야스나리에게 노벨문학상을 안겨
준 『설국』의 첫 두 문장은 세계 문학사에서 소설의 도
입부 중 가장 아름답다고 칭송받는다. 소설이지만 마치
한 편의 하이쿠를 읽고 있는 듯한 착각을 느끼게 하는,
군더더기 없이 깔끔한 문장들이다. 하지만 이 소설을

일본어가 아니라 번역본으로 읽는 사람들 중에는 이 두 문장 어디에 그렇게까지 입에 침이 마르도록 칭송해야 할 아름다움이 있는지 의아해하는 이들이 있다. 이 두 문장에는 일본 특유의 리듬이 있는데 사실상 그걸 번역하기란 거의 불가능하다.

- 최재천, '내 마음의 명문상' (중앙일보, 2014.03.15)

여기에 세 번째 문장이 포함된다면 더 리듬감이 있다고 생각됩니다.

国境の長いトンネルを抜けると雪国であっだ。夜の底が白くなった。**信号所に汽車が止まった。**
국경의 긴 터널을 빠져나오자, 눈의 고장이었다. 밤의 밑바닥이 하얘졌다. **신호소에 기차가 멈춰 섰다.**

- 가와바타 야스나리, 『설국』

하지만 중요한 건 리듬감뿐만은 아닙니다. 솔직히 일본어로 리듬감이 있다 해도 한국어로 번역했을 때 그 리듬감은 온전히 다 살아 있을 수 있을까요?

최재천 교수님도 이 문장이 유명한 이유는 단지 리듬감 때문은 아니라고 말합니다. 그럼 이 짧은 두 문장의 숨은 (?) 매력은 무엇일까요. 두 번째 문장 '밤의 밑바닥이 하얘졌다'를 유심히 볼 필요가 있습니다.

사실 이 유명한 문장을 읽고도 밤의 밑바닥이 하얘졌다가 어떤 의미인지 진지하게 생각해 본 적은 없습니다. 가만있어 봐, 이게 정확하게 무슨 뜻이지?

"국경의 긴 터널을 빠져나오자, 눈의 고장이었다."까지 읊조리면 곧바로 "밤의 밑바닥이 하얘졌다."라는 문장이 따라붙는다. 왜 갑자기 밤의 밑바닥이 하얘지느냐면 터널이 끝나자마자 보이는 눈 때문이다.

가와바타 야스나리의 소설 『설국』의 첫 문장은 이처럼 시적 상황을 그대로 옮긴 것이다. 군마현과 니가타현을 잇는 다이시미즈 터널 자체가, 말하자면 눈 없는 세상과 눈 쌓인 세상을 이어주는 통로인 셈이니까.

밤의 밑바닥을 환하게 만드는 터널을 나도 잘 안다.

(…) 그러다가 원주를 지나 무슨 터널인가로 들어섰다. 그리고 나왔더니 눈이 쏟아지고 있었다. 그건 정말

대단한 경험이었다. 눈 없는 나라에서 눈의 나라로 입국한 듯한 느낌이었다. 그제야 나는 『설국』의 그 표현이 얼마나 사실적인 것인지 깨달았다. 글을 잘 쓴다는 말은 사실적으로 쓴다는 말이고, 그건 그 작가가 다른 사람보다 더 많은 사실을 알고 있다는 의미다. 경험이 많다는 뜻일 수도 있지만, 관찰을 잘한다는 뜻이기도 하다.

- 김연수, 『언젠가, 아마도』

아! 밤의 밑바닥이 하얘졌다는 '눈 없는 세상에서 눈 쌓인 세상으로의 순간 이동'을 의미합니다.

나는 이 도입부의 아름다움은 겉으로 드러나는 감각적인 표현의 미가 아니라 달랑 두 문장으로 독자를 차안(此岸)에서 피안(彼岸)으로 보내버리는 '무서운' 깔끔함에 있다고 생각한다.

- 최재천, '내 마음의 명문장' (중앙일보, 2014.03.15)

심훈 교수의 『일본을 보면 한국이 보인다』에서 저자

는 '생존 투쟁'이라는 키워드로 일본 문화의 독특성을 논하고 있습니다. 이 책의 내용에 의하면 일본의 지리적 지형을 '눈이 내리는 곳'과 '눈이 내리지 않는 곳'으로 구분지을 만큼 눈이 지역의 운명을 극명하게 갈라놓고 있습니다. 일본 혼슈의 동북 지역은 한번 눈이 내리기 시작하면 1~2m를 훌쩍 넘는다고 합니다. 눈 1m라고 하면 별것 아닌 듯하지만 엄청난 양입니다.

2010년 1월 초, 서울에 엄청난 눈이 내린 적이 있습니다. 저는 마침 그날이 휴가여서 출퇴근하느라 고생을 안 했지만 분당에서 서대문으로 출근하던 직원이 점심시간이 지나서야 도착했을 정도로 도시 기능은 마비되었고 이 여파는 일주일 넘게 지속되었습니다. 이때의 적설량이 25.7cm였다고 합니다. (책에서도 이 일을 언급하고 있습니다)

『설국』에 나온 첫 문장을 본 심훈 교수는 "야스나리가 자신의 소설에서 니가타로 들어서는 곳을 '국경'이라고 표현한 것이나, 책 제목을 '설국'으로 뽑은 자체가 일본 속에 존재하는 또 다른 일본을 잘 표현했다는 느낌이다." 라고 말합니다.

사실 어떤 현상을 보고 유명하다, 인기 있다 하면 아, 그렇구나 하고 생각해버리곤 했는데 이렇게 자신만의 해석을 할 수 있다는 것이 너무 멋져 보입니다. 결국 같은 글을 읽고, 같은 현상을 경험해도 얼마나 깊이 생각하며 기존의 경험이 풍부한가에 따라 해석과 느낌은 엄청난 차이가 있을 수밖에 없네요.

　유명하다는 이 문장을 읽고도 '왜 사람들이 매혹적이라고 하는 거야?'라는 의문이 있었는데 조금 늦었지만 저보다 훨씬 다양한 경험과 지식, 생각하는 힘을 가진 분들 덕분에 이제야 조금은 더 그 진가를 알게 되었습니다.

　자, 이제 『설국』을 다시 읽어볼 시간입니다.

문제 있는 레스토랑

#일본드라마 #일본여성 #마키요코 #여성의독립

여자와 남자들의 전쟁. 글러브 대신 키친 글러브를 손에 꼈습니다. 링이 레스토랑이기 때문입니다.

마키 요코가 나온다기에 (그녀를 영화 <결혼하지 않아도 괜찮을까>에서 처음 봤는데 굉장히 매력적이었습니다) 별생각 없이 보기 시작했던 2015년 1분기 일본 드라마 <문제 있는 레스토랑>. 그런데, 이 드라마 정말 문제가 있었습니다.

드라마 보기 전에 간략 소개를 보니 '남자들에 대적해 레스토랑을 만든 여자들 이야기'라기에 어떤 이야기일지 무척 궁금했습니다. 주제는 다소 무겁지만 문제를 해결하는 과정이기도 한 "여자들의 레스토랑 만들기"는 매력적이고 트랜디합니다. 그녀들의 꿈은 그림같이 예쁜 가게, 맛있는 프랑스 정통 요리를 하는 레스토랑으로 그 구체적인 실체를 보여줍니다. 물론 이 가게를 만들게 된 동기와 유지하기 위한 노력은 분노와 한숨과 눈물의 콜라보레이션입니다.

이 드라마는 일본 사회에서 심각한 문제로 지적되는 직장 내 성희롱 문제와 여자들의 자립, 우정, 일에 대한 열정을 절묘하게 잘 엮었습니다.

드라마의 시작은 특이합니다. 어느 날 허름한 시모키타자와 건물 옥상에 하나둘 모이는 정체불명의 여자들. 서로 모르는 사이가 대부분입니다. 그녀들의 공통점은 모두 '타나카 타마코'를 애타게 찾고 있다는 것입니다. 모습을 보이지 않고 행방은 묘연한 타나카 타마코의 과거는 그곳에 모인 6명의 회상 씬에 의해 퍼즐처럼 짜 맞추어집니다. 거의 퍼즐이 완성된 시점, 짠~ 하고 나타난 타나카 타마코. 그녀는 도대체 왜 그녀들을 한자리에 모은 것일까요?

한 집에 모여 살며 레스토랑 '비스트로 포(BISTRO FOR)'를 꾸려나가는 여주인공들. 그날 옥상에 모인 여자들은 모두 문제가 있습니다. 아니, 문제가 있다기보다 사회가 그녀들을 문제가 있는 사람으로 만들었다고 하는 것이 더 정확합니다. 일단 모두 무직입니다. 기댈 언덕도 없습니다. 쉐프부터 심상치 않은데 히키코모리(은둔형 외톨이)고 사람을 싫어합니다. 나중에 그녀의 비밀을 둘러싼

극적인 반전은 눈물 없이는 볼 수 없는 슬프고도 아름다운 이야기입니다.

프랑스 유학까지 다녀왔지만 게이라는 이유로 직장을 못 구하는 파티시에 하이디. 남편과 이혼하고 아들을 되찾기 위해 레스토랑에 합류하는 교코. 타나카와 같은 회사에 다녔지만 도쿄대 출신인데도 자신의 능력을 발휘할 기회는 주어지지 않고 남자 중심인 회사에 절망한 닛타. 결국 그녀들은 스스로 일어서야 하고 서로 기대야 하는 운명입니다.

레스토랑을 여는 목적은 하나 더 있었습니다. 타나카 타마코와 같은 회사 동료이자 고향 친구인 사츠키는 부당하게 회사(라이크 다이닝 서비스)를 그만두게 되고 타나카는 친구의 억울함에 대한 보복으로 해당 인물들에게 소심한 복수를 합니다. 그 자신도 당연히 회사에서 잘렸습니다. 모인 여자 중 5명은 같은 회사와 연관되어 있고 성희롱이 만연한 형편없는 남자들로 가득 찬 회사에 대한 복수로 회사가 낸 레스토랑 '심포닉' 바로 맞은편에 비스트로 포라는 가게를 열게 된 것입니다.

이 옥상에 있는 레스토랑의 가장 큰 특징은 지붕이 없

다는 것입니다. 이 드라마에 관해 쓴 어떤 글에서 이 지붕 없는 레스토랑은 여성의 출세를 막는 '유리 천장'이 없다는 것을 의미한다는 내용에 오, 그럴지도 모르겠다는 생각이 들었습니다. 이 드라마의 각본가인 사카모토 유지가 정말 그런 의미로 썼는지는 확인 못 했지만 정말 탁월한 해석입니다. 지붕 없는 레스토랑 비스트로 포. 밤하늘이 보이고 달이 보입니다. 수는 적어도 별도 보입니다.

레스토랑이 자리를 잡아가게 됨과 동시에 사츠키는 타마코와 주변 사람들의 도움으로 회사에서 당한 억울함을 풀기 위해 소송을 제기합니다. 사건의 피해자인 사츠키의 엄마는 처음 딸이 회사에서 성희롱당한 일을 들었을 때 "부끄러운 일을 당했다, 그 남자(성희롱을 저지른 회사 사장)를 용서해라."라고 말합니다. 이 말을 들은 사츠키는 절망합니다. 그리고 이렇게 마음속으로 외칩니다. "엄마, 그 말은 (그 사람을 용서하라는 말은) 더 이상 나보고 살지 말라는 뜻과 같아요!"

이 드라마를 이끄는 가장 핵심적 인물은 타나카 타마코입니다. 그녀는 주변 사람 누구나 다 인정하는 "먹고 놀기의 천재"입니다. 요식업계에서 일하니 일이 너무 적성에 잘 맞아 하루하루가 재미있고 즐거운 사람입니다. 남자들이 그녀의 공을 다 가져가도 일 자체가 즐거우니 별 문제 삼지도 않습니다.

하지만 친구에 대한 회사의 부당한 대우에는 더 이상 참지 못하고 회사를 그만둔 뒤 스스로 레스토랑을 만듭니다. 성공하는 사람의 공통점은 "자신이 정말 좋아하는 일을 하는 사람"이라고 하는데 바로 타나카 타마코를 두고 하는 이야기 같습니다.

과연 천정 없는 레스토랑 비스트로 포는 그녀들의 꿈을 이루게 해 줄까요? 성희롱을 저지른 회사와 사장을 상대로 한 소송에서는 이길 수 있을까요? 20년 전만 해도 결혼하면 당연히 회사를 그만뒀고 그런 퇴사를 '고토부키 타이샤(명예로운 퇴직)'라 불렀습니다. 그 이후 일본에서 여성의 사회 진출은 비약적으로 높아졌습니다. 하지만 최근에는 다시 젊은 여자들이 다시 가정으로 돌아가는 비율이 증가한다는 보도가 줄을 이었습니다.

드라마에서 처음에는 여자의 적으로 나오는 인물 카와나는 이렇게 말합니다. "야구선수와 결혼한 여자 아나운서를 제외하고는 모두가 패배했어요." 얼굴이 예쁘고 똑

똑하며 돈 많은 남자와 결혼하지 못한 여자는 다 패배자라는 뜻으로 한 말입니다. 이런 생각을 많은 사람들이 겉으로는 부정해도 열심히 직장에서 일하는 워킹맘을 보며 "남편이 돈 잘 벌면 저러고 있겠나"라고 생각하는 것과 다를 바 없습니다. 여자들은 일에서의 성취나 성공을 원하지 않을 거라는 편견의 결과입니다.

그러나 여기, 결혼이나 남자에게 기대기보다는 자기 일에서 최고의 보람과 즐거움을 찾으려는 여성들의 이야기가 있습니다. 드라마는 생각보다 현시대에 대해 많은 것을 이야기해줍니다. 여자들이 남자들의 그늘, 사회의 잘못된 구조에 대항하기 시작했다는 신호인지도 모릅니다.

타나카 타마코가 사장 앞에서 외치던 소리가 절절합니다. "여자가 행복하면 남자도 행복해질 수 있는데! 왜!" 그러게나 말입니다. 타나카 타마코의 독백은 이 드라마가 이야기하고자 하는 바를 확실하게 알려줍니다.

"좋은 일을 하고 싶습니다. 그냥 좋은 일을 하고 싶어요. 두근두근거리고 싶어요. 손에 땀을 쥐면서, 숨 쉬는 것조차 잊는 그런 순간을 만나고 싶어요. 인생은 분명히 지위나 명예나 돈이 아니고, 인생은 얼마나 마음이 떨렸느

냐에 따라 결정된다고 생각합니다."

와세다 대학 옆 일본 정원의 비밀

#와세다대학 #일본정원 #오쿠마호텔 #칸즈메

와세다대학 오오쿠마 강당 옆에는 넓은 잔디가 펼쳐진 일본식 정원이 있다. 바람 솔솔 한껏 쉬고 싶은 날, 잔디에 앉아 도시락을 먹는 학생들에게 이 잔디밭은 고즈넉한 추억으로 남는다. 이 정원을 찾는 많은 방문객들은 거대한 로얄 리갈 호텔을 배경으로 사진을 찍고 돌아간다. 정작 중요한 것은 모른 채.

- 김응교, 『일본적 마음』

어? 이건 완전 내 이야기인데? 책의 도입부를 읽고 깜짝 놀라지 않을 수 없었습니다. 2019년 10월, 도쿄를 방문했을 때 묵었던 호텔이 바로 로얄 리갈 호텔이었기 때문입니다. 그리고 위의 글에 나오는 일본식 정원에도 가봤습니다. 그 정원에서 정작 중요한 것은 무엇이었을까요?

애초에 로얄 리갈 호텔을 숙소로 정한 건 나름의 이유

가 있었습니다. 사실 신주쿠 같은 곳에 숙소를 잡는 편이 교통도 편하고 여러 가지로 여행할 때는 좋습니다.

이 호텔은 와세다대학 근처라 여행자에게 그리 좋은 위치는 아니지만 비슷한 가격의 다른 호텔들보다 객실 크기가 크고 창밖 뷰도 좋기에 선택했습니다. 그리고 예전에 어학연수를 했던 일본어 학교가 다카다노바바에 있는데 이 호텔에서 아주 가깝습니다. 언젠가 다시 한번 가보고 싶었습니다. 그리고 너무 번화한 곳보다는 조용한 주택가에 자리 잡은 호텔에서 한 번 묵어보고도 싶었습니다.

체크인해서 들어가 보니 일본 비즈니스호텔과는 완전 달랐습니다. 사실 2019년 8월에도 도쿄를 방문해서 신주쿠역 바로 근처의 한 호텔에 묵었는데 비즈니스호텔이 아닌데도 2인실이 정말 작았습니다. 캐리어를 펴면 발 디딜 공간이 없을 정도였어요. 그래도 호텔비는 꽤 비쌌습니다. 그런데 리가 로열 호텔은 침실과 거실이 따로 분리되어 있을 정도로 넓었습니다.

거실에는 샹들리에가 있고 책상도 따로 있었습니다. 아, 이런 호텔에서 칸즈메하며 글을 쓸 수 있다면! 하며 아주 잠깐 상상의 나래를 폈습니다. 결국 저는 이 책상에 앉아서 글쓰기는커녕 일하고 비행기표 구하느라 고생만 잔뜩 했습니다.

칸즈메(かんづめ)는 통조림이라는 뜻과 함께 '마감이 다가와도 원고를 제출하지 않는, 혹은 못하고 있는 작가를 어딘가에 가둬서 글을 쓰게 하는 것'이라는 의미로도 쓰입니다.

마스다 미리의 에세이 『어느 날 문득 어른이 되었습니다』의 한 에피소드 제목이 '긴자에서 이틀 밤 보내기'인데 제목의 일본어 원문이 '긴자 칸즈메(ぎんざかんづめ)'입니다. 칸즈메는 작가가 글을 쓰기 위해 자진해서 특정 장소에 칩거한다는 의미로도 쓰입니다.

중반까지 완성한 만화의 후반을 단숨에 완성하고자 마스다 미리는 긴자의 한 호텔에 자비를 들여 2박을 합니다. 마쓰자카 백화점에서 돈가스도 먹고 야식용 과자를 사서 먹기도 합니다. 이따금 창 아래 펼쳐진 긴자 시내를 내려다보며 체조도 하고, 공부 중인 영어 교재를 펴서 발음도 해보면서 결국 원고 70쪽을 완성합니다. 그리고 이렇게 말합니다.

"기분 좋은 밤이다."

이 책을 읽고 긴자의 호텔에 묵어보고 싶다는 생각이 들었습니다.

> 종종 신주쿠의 고층 호텔에 머물며 글을 쓴다. 내 방의 창 너머로 새로운 마천루와 너른 공원이 한눈에 들어온다. 마천루를 내다보며 완공 전에 세상을 떠나 결과를 볼 수 없게 된 사람들에 대해 생각한다. (무라카미 류)
>
> — 마테오 페리콜리, 『작가의 창』

일본 소설가 무라카미 류는 가끔 호텔의 창밖 풍경을 보며 작업한다고 하네요. 글을 읽고는 저 호텔이 어딘지 또 궁금해졌습니다. 사실 호텔 이야기를 하려던 것이 아닌데 옆길로 많이 샜네요. 맨 앞에 인용한 글에 나오는 '정작 중요한 것'에 대해 이제 이야기해 보겠습니다.

리가 로얄 호텔에서 무엇보다 마음에 든 것은 창밖으로 일본식 정원이 보인다는 점이었습니다. 일본 비즈니스호텔은 뷰라는 개념이 없습니다. 창은 그냥 장식에 불과합니다. 하지만 이 호텔에서는 무려 엄청 넓은 일본식 정원이 보입니다!

10월 초였지만 대낮의 태양은 뜨거웠습니다. 체크인하고 객실에 들어간 시간이 오후 3시 정도였는데 좀 덥다고 느낄 정도의 날씨였습니다. 그런데도 많은 사람들이 정원에서 일광욕(?)을 즐기고 있어서 참 신기하다는 생각이 들었습니다.

처음에는 "와 호텔 바로 앞이 일본식 정원이라니! 꼭 한 번 가봐야겠다."라는 정도만 생각했습니다. 그러고는 그 다음 날도 못 가고 사흘째에야 갈 수 있었습니다. 막상 가려고 보니 호텔 1층과 정원이 바로 연결되어 있었습니다. 이렇게 쉽게 갈 수 있는 줄 알았다면 매일 갔을 텐데!

이 정원의 이름은 '오쿠마 정원'. 와세다 대학 창립자가 '오쿠마 시게노부'니 이분의 이름을 땄겠지요. 와세다 대학 학생들의 휴식처라고 합니다. 일반인도 입장이 가능합니다.

호텔 로비와 연결되어 있었다니! 하며 정원에 가보았습니다. 아침이라 사람이 거의 없었습니다. 작은 연못도 있고 아기자기하게 잘 꾸며진 정원이었습니다.

그리고 특이한 낡은 집도 있었습니다. 그 집의 정체를

한국에 돌아와서 『일본적 마음』을 읽고서야 알게 되었던 것입니다. 솔직히 창고인가? 이렇게 생각했습니다. 하지만 그곳은 아는 사람만 안다는 명소였습니다!

　간지소라는 이 집은 이 정원에서 중요한 역할을 한다. 이 곳은 가장 중요한 국빈이 올 때 문을 열어, 손님을 맞이하는, 오랜 다다미방을 갖춘 집이다. 미 대통령 클린턴이 와세다대학을 방문했을 때도 로얄 리갈 호텔이 아닌 이 허술한 집 다다미방에서 식사했다고 한다.

- 김웅교, 『일본적 마음』

바로 그 유명한 와비사비의 미학을 느낄 수 있는 장소라고 합니다. 운 좋게 일본식 정원을 만났고 그 정원에서 다다미방을 갖춘 와비사비 정신의 정수인 장소를 만났지만 미처 알아보지 못했습니다. 그래도 지금이라도 알았으니 다음에 가게 된다면 다시 한번 그 정취를 진하게 느껴보고 싶습니다.

다카다노바바를 즐기는 방법

#도쿄 #다카다노바바 #와세다 #고서점가 #센베

　지극히 평범하지만 보고 있으면 그리운 도쿄의 골목, 이 그리움의 이유는 무엇일까요?

　2000년부터 2001년에 걸쳐 1년 동안 일본 어학연수를 다녀왔습니다. 제 인생의 터닝포인트였습니다. 하고 싶었던 일본어 공부를 열심히 했습니다. 4년 동안 회사에 다니며 지쳤던 몸과 마음을 힐링하는 시간이기도 했습니다. 한정된 유학 비용에 일본어 공부에 대한 부담감으로 여행은 꿈도 못 꾸었고 식도락이나 놀러 다니기도 많이 못 했지만 더없이 행복했습니다. 지금 생각하면 제가 원체 잘 못 노는(?) 스타일이기도 합니다.

　제가 다니던 일본어 학교가 있는 다카다노바바는 항상 그리운 장소입니다. 외국에 추억의 장소가 있다는 사실은 조금 낭만적이긴 하네요.^^ 2019년 도쿄에 갔을 때 다카다노바바에서 멀지 않은 와세다 대학 근처에 숙소를 정하고 찾아가 보기도 했습니다. 학교에 다닌 지도 벌써 20년이나 되어 구글맵의 도움으로 겨우 찾을 수 있었습니다. 거의 변하지 않은 학교 모습에 더 마음이 설레였습니다. 그때 같이 다니던 친구들은 다 잘 지내고 있는지 궁금합니다.

사실 2000년 당시만 해도 일본 관광 정보나 맛집 정보가 실린 책이 한국에 거의 없었습니다. 하긴, 있었다고 해도 찾아서 볼 여유도 없었습니다. 어쩌다가 유명하다는 맛집을 가긴 했는데 당시에 친하게 지내던 미국 교포 친구들이 영어나 일본어로 된 가이드 책을 보고 가자고 해서 몇 번 갔습니다. 가게 이름도 메뉴 이름도 기억이 나지 않습니다.

지금은 스마트폰도 발달되고 SNS도 있지만 당시만 해도 디지털카메라조차 흔하지 않았습니다. 핸드폰에 카메라 기능도 없던 시절이니 사진 한 장 남아있지 않습니다. 그냥 즐거웠던 기억, 맛있게 먹었던 기억만 어렴풋이 남아 있습니다. 일본 어학연수가 거의 끝나갈 즈음에야 디지털카메라를 하나 장만했습니다. 그런 시절이었습니다.

일본 어학연수를 마치고 일본계 회사에 입사해서 일본으로 자주 출장을 갔지만 그때도 돈과 마음의 여유가 없기는 마찬가지였습니다. 주말에 도쿄의 유명 관광지를 돌아다니는 대신 숙소에서 잠을 자거나 주변만 조금 돌아다녔습니다. 당시에 회사 일이 너무 힘들어서 마음의 여유가 없었던 것 같습니다.

요즘은 일본의 핫플레이스에 관한 다양한 책들이 나와 있어 정보도 넘칩니다. 인터넷 검색만 해도 가 볼 만한 장소 정보가 셀 수 없이 많이 나옵니다. 다카다노바바는 관광지는 아니지만 가끔 소개된 책을 발견하면 반갑습니다. 얼마 전에 다시 들춰본 『지하철 타고 도쿄 한 바퀴 야마노테선 명물 여행』이란 책에도 다카다노바바가 나와서 무척 반가웠습니다.

다카다노바바 역에서는 열차의 발착 신호음으로 애니메이션 <아톰>의 주제가를 틀어준다. 알려진 대로 이곳에서 데즈카 오사무가 <아톰>을 비롯한 수많은 작품을 세상에 내놓았다. 이 주변은 와세다 대학생의 편의를 위해 발전해 왔다고 해도 과언이 아니다. 저렴한 식당과 카레 전문점이 셀 수 없이 많으며, 중고서적 전문점은 진보초에 버금가는 규모다. 학술 서적에서 예술 관련 서적까지, 다양한 책을 뒤적이다 보면 하루 종일 서점에 틀어박혀 있어도 전혀 지루하지 않다.

- 이토 미키, 『지하철 타고 도쿄 한 바퀴 야마노테선 명물 여행』

2019년 도쿄에 갔을 때 묵었던 리가 로열 호텔 도쿄 1층에 딸기 생크림 케이크가 유명한 '메릿사'라는 빵집이 있다는 정보도 이 책을 보고 알았습니다. 이런 정보를 미리 좀 알았다면 얼마나 좋았을까요? 저는 항상 이런 식입니다. 뒷북을 치는….

와세다 중고 서점가에는 40여 개에 달하는 중고 서점들이 있는데 해마다 10월 초면 아나하치 만구 신사에서 '와세다 아오조라 중고서적 축제'가 열린다고 합니다. 언젠가 한 번 꼭 가보고 싶습니다.

더 놀라운 사실은 다카다노바바 근처에 강변이 있다고 합니다. 간다가와 강변은 기치죠지의 이노카시라 연못이 발원인데 봄에 가면 벚꽃이 아름답다고 합니다. 아, 저는 1년 동안 이 근처에서 학교를 다니면서도 몰랐습니다.

다카다노바바에서 와세다 대학교로 가는 길에는 레스토랑과 가게들이 드문드문 있는데 센베 가게도 있었습니다. 사실, 예전에는 본 적이 없는 가게입니다. 분명 이 길을 수도 없이 걸어 다녔는데 말입니다. 주변을 돌아볼 여유조차 없었던 걸까요? 닝교야키도 팔고 있었습니다.

맛있게 생긴 센베를 몇 종류 골라서 샀습니다. 인상 좋은 가게 여자 사장님께 여기서 언제부터 영업하셨냐고 여쭈어보니 '도쿄 올림픽 때부터'라고 하십니다. 엥? 도쿄 올림픽이요? 나중에 알아보니 1961년! 아, 역시 전통의 맛은 달랐습니다. 다음에 도쿄에 갈 때도 꼭 계셔주기를.

일본에서 아르바이트 하기

#아르바이트 #무라카미하루키 #편의점아르바이트 #시급

내가 학생이었던 때, 라고 해도 벌써 10년 이상 되었지만 평균적인 아르바이트 시급은 대개 커피값 평균 정도였다. 구체적으로 말하면 60년대 끝자락에 150엔 정도였다. (…) 지금은 커피가 300엔, 아르바이트 시급이 500엔 정도니까 시세가 좀 바뀌었다. LP도 하루종일 일하면 2장 정도 살 수 있다. 수치로만 따지면 최근 20년간 우리의 생활은 편해졌다. 하지만 생활 감각은 그에 못 따라가고 있다. 옛날에는 주부가 파트타이머를 하는 일이 별로 없었고 사라킹(개인신용대출) 지옥도 없었다.

- 무라카미 하루키, 『村上朝日堂(무라카미 아사히당)』

이 책이 출간된 것이 1987년이니 30년도 더 전의 일본 아르바이트 시급이 500엔(약 5000 원) 정도였다는 것을 알 수 있습니다. 그리고 일본 주부들의 아르바이트, 파트타이머 역사도 꽤 오래되었다는 사실을 알 수 있습니다.

요시무라 가네코(가명·52) 씨는 도쿄(東京)의 중상류층 마을인 세타가야(世田谷) 구의 고급 단독주택에 살고 있는 주부다. 남편이 대기업 금융회사 임원이어서 남부럽지 않게 살고 있다. 그런데 이 집의 고급 외제 승용차 2대는 늘 집 앞 주차장에 세워져 있다. 남편이 전철로 출근하고 나면 요시무라 씨는 자전거를 타고 주 4회 동네 대형 할인마트로 향한다. 하루 5시간씩 시급 900엔(약 8280원)의 파트타임 계산원으로 아르바이트를 하고 있는 것이다.

요시무라 씨가 아르바이트를 하는 것은 집에 돈이 없어서가 아니다. 그는 "용돈 정도는 남편 수입에 의지하고 싶지 않은 데다 집에만 있는 것도 힘들기 때문이다. 마침 늦둥이 아들이 대학생이 돼 시간적 여유도 생겼다"고 말했다.

자전거를 타고 편의점으로, 백화점으로 아르바이트를 하러 가는 중상류층 아줌마들은 일본에서 흔한 풍경이다. 이를 부끄럽게 생각하는 사람도 없다. 생활비 외에는 남편에게 손을 벌리지 않겠다는 생각이 강하기 때문이다.

- 동아일보, "남편에게 용돈 받기 싫어" 편의점 알바 붐(2015.03.17)

기사에서는 '주부들의 편의점 알바 붐'이라고 했는데 실제로 주부들의 아르바이트는 꽤 예전부터 있었다고 생각되고 특별히 2015년 당시에 붐이 일어난 것은 아닌 듯합니다. 적어도 무라카미 하루키가 35년 전에 쓴 글에도 주부의 아르바이트 이야기가 나오니 말입니다.

일본 대학생은 특별히 돈이 궁하지 않아도 아르바이트를 하는 경우가 많았습니다. 제가 2000년 일본에 있을 때 기숙사 친구였던 일본 여대생 미카도 동네 슈퍼에서 하루에 3~4시간 일주일에 두세 번 아주 가볍게(?) 아르바이트를 했는데 그 이유는 간단했습니다. '새 부츠를 사려고'. 미카는 집이 부유했던 편으로 기억합니다.

요즘 일본의 대학생들이 어떤 기분으로 아르바이트를 하는지는 잘 모르겠습니다. 물론 학비와 생활비를 벌려고 열심히 아르바이트를 하는 학생도 많을 겁니다. 그때와 좀 다른 건 요즘은 한국 대학생들도 아르바이트를 상당히 많이 한다는 사실입니다.

다시 일본 주부들 이야기로 돌아가서, 모든 일본 주부들이 위의 기사처럼 단순히 용돈을 벌려고 아르바이트를 하는 것은 아닐 것 같고 가정경제에 도움이 되고자 하는 경우가 많을 것입니다. 무라카미 하루키가 자신의 수필에서 '주부가 파트타이머를 하는 일'에 대해 언급하며 '분명 잘살게 되었는데 삶이 팍팍해졌다'라고 말합니다. 즉 돈이 들어가는 일이 많아져서 주부들도 파트타이머를 해서라도 돈을 벌려고 한다는 뜻으로 읽힙니다.

우리도 잘살게 되었는데 전에는 하지 않던 밥보다 비싼 커피를 마시고 비싼 식당에서 식사를 하며 기분을 내고 남들처럼 해외여행 가려고 조금 무리도 하고 이러면서 돈이 더 필요해지곤 합니다. 제 주변에는 아이들 학원비를 벌기 위해 아르바이트나 반나절이라도 일을 하는 주부들도 꽤 있습니다. 예전에 비해 물가도 오르고 돈을 쓸 곳도 많아졌습니다.

2016년 소설 『편의점 인간』으로 아쿠타가와(芥川) 상을 수상한 무라타 사야카(村田沙耶香)가 실제로 편의점 아르바이트로 생계를 이어간다고 해서 화제가 되었습니다. 소설 내용도 편의점에서 18년 동안 아르바이트를 해 온 36세 독신 여성의 이야기입니다. 일본 최고 권위의 문학상을 받고도 2020년 현재 일주일에 사흘은 편의점으로 출근한다고 합니다. 19년째입니다.

일이 끝나면 야마구치 상과 상쾌한 아침 공기를 마시며 24시간 영업하는 이자카야로 향했다. 일 끝나고 이자카야에서 마시는 나마비루(生ビル, 생맥주)는 어느새 일본 생활에서 빼놓을 수 없는 큰 즐거움 중 하나가 되었다. 시프트가 비는 날이면 도쿄의 이곳저곳을 산책했다. 도쿄의 동네를 하나하나 알아가면서 그곳에 내 일상의 단편을 조금씩 남겨 두었다. (…) 4년이 지난 지금, 나는 여전히 도쿄에서 IT 일을 하며 살고 있다. 그리고 가끔 워킹홀리데이로 지냈던 그 시절을 떠올리며 추억에 잠긴다. 우연히 그때 일했던 편의점 앞을 지나가거나 추억의 거리를 다시 걸으면, 잊고 있던 옛 기억이 떠오른다. 그때 느꼈던 가슴 벅차고 아련한 감정만큼은 다시 재현되지 않고, 지나가 버린 시간을 그저 어림짐작하며 추억할 수밖에 없다.

-『일본에서 일하며 산다는 것』, 김성헌, "도쿄, 편의점 라이프"

일본에서 아르바이트를 한다는 것에 대해 약간의 환상을 가진 제가 기획한 책이 『일본에서 일하며 산다는 것』입니다. 특히 일본 편의점에서 일한 경험을 쓴 김성헌 작가님의 "도쿄, 편의점 라이프"를 저는 아주 좋아합니다.

이런, 일본 아르바이트에 대한 환상이 더 커지고 있습니다. 물론 생계를 위해 아르바이트를 한다는 것에 대해 저처럼 가볍게 생각하면 안되지만 해보지 않은 일에 대한 로망 정도로 봐주세요. 1년 동안 일본에 거주했지만 편의점이나 식당 같은 곳에서 일하는 아르바이트는 못 해봤습니다.

일본 하면 서비스가 좋기로 유명한데 손님으로서는 좋지만 반대로 일하는 처지에서는 그만큼 더 신경 써야 한다는 의미가 된다. 조금만 불친절하면 손님으로부터 한소리 듣기 일쑤이고 때에 따라서는 화를 내는 손님도 있다. 접객 일을 하다 보면 실로 다양한 인간 군상을 접하게 된다.

- 『일본에서 일하며 산다는 것』, 김성헌, "도쿄, 편의점 라이프"

가끔 일본 여행을 왜 가고 싶을까 생각해 보는데 아무래도 일본에서 다양한 사람들을 만나보고 싶기 때문이 아닌가 합니다. 일본에서 아르바이트를 해보면 실로 다양한 인간 군상을 접하게 될 것 같습니다. 그 과정에서 스트레스도 받겠지만 뭔가 신선하고 여러 경험이 가능할 것 같습니다. 언젠가 기회가 되면 꼭 해 보고 싶은 일 중의 하나입니다.

지적인 그녀와 미식의 만남

#요네하라마리 #일본작가 #러시아 #미식견문록 #식도락

식도락이라는 말이 우리에게 회자된 것이 그리 오래된 것 같지는 않습니다. 일본 식도락 여행만 해도 그렇습니다. 2012년 무렵만 해도 (적어도 제가 알기에는) '일본 식도락 여행'에 관련된 책 같은 건 없었습니다. 하지만 최근에는 해외여행도 많아지고 특히 일본 여행 같은 경우는 가까운 거리 만큼이나 쉬워진 느낌입니다. 연휴나 방학 즈음에는 한 달 전부터 서두르지 않으면 비행기표를 구하기 힘들 지경입니다. (물론 지금 이 글을 쓰는 현재는 코로나 때문에 그렇지 못하지만 말입니다)

요네하라 마리의 『미식견문록』에는 일본 음식에 대한 이야기만 나오지는 않습니다. 그녀는 독특한 이력만큼 다양한 음식 편력을 자랑합니다. 일본에서 가장 잘 나가는 러시아어 통역사로 100번 이상 러시아를 드나든 이력에서만도 많은 이야기가 기대됩니다.

러시아, 그 동토의 땅, 영하 53도에서 낚자마자 자동 냉

동된 물고기를 대패로 밀어 대팻밥처럼 만든 다음 얇게 썬 양파를 버무려 소금과 후추로 간을 해서 먹는 '스트로가니나'의 이야기는 러시아 미식 체험의 정점을 찍습니다.

공산당원이었던 아버지를 따라 간 프라하에서 10세부터 5년간 학창 시절을 보낸 특이한 이력은 그녀에게 많은 영향을 끼친 듯합니다. 이 시절 음식에 대한 추억의 최고봉은 바로 '진짜 할바를 찾아서'라는 이야기입니다. 이 글을 읽고 나면 이 할바의 정체에 대해 궁금한 것을 떠나 꼭 한번 먹어보고 싶다라고 느끼게 됩니다. 우리의 호박엿하고 비슷할 것 같기도 하고 어쨌든 그 오묘한 맛이 무척이나 호기심을 자극합니다.

요네하라 마리가 음식 이야기를 풀어가면서 『세계 음식 백과』『신 라루스 요리 대사전』『요리예술대사전』 등 다양한 백과사전을 참조했다는 대목도 흥미롭습니다. 자신을 '살기 위해 먹는 것이 아니라, 먹기 위해 사는 부류의 인간'이라고 말할 만큼 음식에 관심이 있어서였겠지만 무언가 궁금하고 알고 싶은 것이 있으면 백과사전을 탐독한다는 대목에서 그녀의 뛰어난 지적 능력에 이런 비법(백과

사전 탐독)이 있었던 것이 아닌가 조심스레 추측도 해봅니다.

러시아에서 일 때문에 장기 체류를 할 때면 어지간히 고국 음식이 그리웠나 봅니다. 하긴 이건 누구에게나 있을법한 일입니다. 어린 시절 프라하에 살 때 낫토가 먹고 싶어 미생물학자인 삼촌을 통해 낫토균을 공수한 이야기나 한 달 동안 러시아에서 지내며 방송사 사람들과 초밥이 먹고 싶어 초밥 놀이를 했다는 이야기는 절로 웃음을 짓게 만듭니다. 음식도 마치 공기처럼 항상 즐길 수 있을 때는 그 고마움을 모르다가 접할 수 없을 때 한없이, 눈물 나게 그리워지는 존재인가 봅니다.

음식에 대한 관심과 욕심은 타고난 식성과 집안 내력이라고 소개합니다. '고베 식도락 여행'이라는 에피소드에서는 친지들의 추천을 받아 간 식당에서 화려한 식사를 즐기는데, 이 부분만 읽어도 당장 고베에 식도락을 즐기러 달려가고 (실제로는 비행기 타고 날아서) 싶어질 정도입니다. 결국 이 에피소드를 읽고 점심 때 초밥을 먹으러 갔습니다.

한국의 뛰어난 작가들이 한국 음식 식도락 기행에 대한

책을 내서 외국인에게도 많이 읽힌다면 분명 '음식 한류'에 큰 기여를 하게 될 것 같습니다. 드라마 대장금이 일본에서 한국 사극 붐을 일으켰듯이 말입니다.

『미식견문록』에는 한국인 김 씨 아주머니께 배운 양배추 김치를 많이 만들어 발코니에 내놓고 이른 봄까지 먹었다는 흥미로운 이야기도 나옵니다. 식도락을 즐기던 삼촌이 병석에서도 조카인 요네하라 마리의 식사를 챙기며 맛있는 음식을 추천해주는 대목은 가슴 뭉클한 감동을 줍니다.

이 책에 소개된 일본 책『베어 먹기 시리즈』가 무척 궁금했습니다. 일본의 대표적인 음식에 대해 소개한 책인 듯한데 요네하라 마리는 이 책을 해외 장기 체류하는 지인에게 주고 왔다가 엄청난 고초를 치릅니다. 해외 거주자에게 절대 주고 와서는 안되는 책이 음식 책인 것입니다. 먹고 싶어도 못 먹는 그 괴로움이란!

"고향에서 뻗어 나온 가장 질긴 끈은 영혼에 닿아 있다. 아니 위에 닿아 있다."

자신을 조국에 묶어두는 가장 튼튼한 동아줄은 어려서부터 즐겨 먹는 음식이라고 말하며 편의점 음식으로 크는 아이들이 늘어나는 세태를 걱정하기도 합니다. 우리도 점점 절기 음식이나 우리의 전통음식, 집에서 엄마가 해주는 요리의 횟수는 줄고 외식이나 배달 음식, 인스턴스에 길들여지고 있는 것이 사실입니다.

음식은 단순히 배를 채우는 끼니를 위한 수단만은 아닐 것입니다. 이 책이 주는 가장 큰 메시지는 '음식의 힘은 정말 대단하다'는 것입니다. 음식에 대한 이야기를 이렇게 다양하고 통찰력 있게 풀어나갈 수도 있구나 하는 신선함도 안겨주었습니다. 음식에 대한 새로운 시각을 가지고 싶다면 한번 읽어보면 좋은 책입니다. 그리고 지금 현재 언제든 한국 음식을 먹을 수 있는 대한민국에 살고 있다는 사실이 얼마나 행복한지도 새삼 느끼게 됩니다. 한국 음식을 매일 먹을 수 있다는 것은 정말 큰 행운입니다.

모던보이 이상과 도쿄

#이상 #모던보이 #도쿄 #진보쵸

『여행할 권리』에서 작가 김연수는 '왜 이상(李箱)은 도쿄에 가서 죽었는가?'라는 의문을 풀고자 이상이 생의 마지막을 보냈던 곳을 찾아갑니다. 바로 도쿄시 간다구 진보쵸. 우리에게 간다 고서점가로 잘 알려진 곳입니다. 책에서는 이상이 존재하지 않는 어떤 환상의 지대를 찾았고 그곳이 도쿄였다고 말합니다.

그 환상의 지대에서 이상은 무엇을 찾고 있었을까요. 책을 다 읽어도 풀리지 않던 의문의 해답을 책『철학적 시 읽기의 즐거움』의 "리오타르와 이상"이라는 글에서 찾았습니다. 이상이 찾던 그 무엇의 정확한 실체를.

당시는 암울했던 일제 시대니까 이상도 주권을 빼앗긴 조선인으로서 울분과 회한을 가진 삶을 영위했다고 추측할 수 있겠지만, 그의 실제 삶은 그런 모습과는 한

참 거리가 멀었습니다. 이상은 백화점을 중심으로 해서 펼쳐진 경성의 화려한 소비문화에 흠뻑 빠져 있던 모던보이였으니까요.

이상이 동경으로 가고 싶었던 이유도 바로 여기에 있습니다. 그곳은 식민지 본국의 중심, 즉 산업 자본주의의 메카라고 상상되었던 곳이니까요.

식민시대였지만 대표적인 모던보이였던 이상은 새로움에 대한 강박증을 가지고 있었습니다. 하지만 도쿄에 간 이상은 이내 실망을 하고 다시 파리 혹은 뉴욕, 런던을 꿈꿉니다. 비록 이루어지지는 못했지만 말입니다. 김연수 작가의 생각처럼 이상은 어쩌면 이 세상에 존재하지도 않는 환상의 세계에 가고 싶었을지도 모릅니다.

갑자기 또 새로운 의문이 생깁니다. 도대체 파리, 뉴욕, 런던이 어떻기에 요즘도 사랑 받을까 하고 말입니다. 『창작 면허 프로젝트』의 작가 대니 그레고리도 '뉴욕, LA, 런던, 파리'를 '창조의 성지'라고 말합니다. 뉴욕에 살고 있는 사람이 이렇게 이야기하니 옥시덴탈리즘은 아닌 듯합니다.

서양인의 시각에 맞춰 자신을 생산해내고, 더 나아가 서양 자체를 자기 마음대로 생산해내는 일본의 자발적 오리엔탈리즘과 옥시덴탈리즘이 바로 근대 일본의 동력이다. 일본은 단순히 서구를 흉내 내는 것이 절대 아니다. 서양은 일본을 만들어냈고, 일본은 다시 자신이 원하는 서양을 만들어낸다. 이 오리엔탈리즘과 옥시덴탈리즘의 대위법적 구조가 오늘날 일본 문화의 내용이다.

- 김정운, 『일본 열광』

실제의 동양과는 아무런 상관없는, 서양인들이 제멋대로 만들어내는 동양을 에드워드 사이트는 '오리엔탈리즘(Orientalism)'이라 정의했고 반대로 동양인들이 제멋대로 만들어내는 서양이 바로 '옥시덴탈리즘(Occidentalism)'입니다. 김정운 교수는 서양인의 시각에 맞춰 자신을 생산해내고, 더 나아가 서양 자체를 자기 마음대로 생산해내는 일본의 자발적 오리엔탈리즘과 옥시덴탈리즘이 바로 근대 일본의 동력이라고 말합니다.

쉬운 예로 도쿄에 있는 프렌치 레스토랑의 프랑스 요리가 본토보다 더 맛있다든지, 이탈리안 레스토랑의 음식이 이탈리아 본토보다 훨씬 맛있든지 하는 일도 이와 같은 맥락입니다. 일본이 그들만의 방식으로 만들어낸 서양은 우리에게 또 다른 의미의 문화로서 인식되고 있습니다.

이것은 문화적 현상의 하나이지 미국이냐 일본이냐, 서양이냐 일본이냐의 단순한 문제는 아닙니다. 우리가 일본문화에 가지는 관심이 '순수한 일본문화'에 대한 관심인지 아니면 일본이 재생산해낸 '변형된 일본문화'에 대한 관심인지는 한번 고민해 볼 일입니다.

이상은 도쿄에서 옥시덴탈리즘의 결과물을 보았지만 무척이나 실망을 한 듯합니다. 이상이 2022년 현재 존재했다면 그는 여전히 일본에 가고 싶어 했을까요? 아니면 뉴욕이나 파리를 꿈꾸고 있었을까요? 아니면 서울에 밀려드는 외국 관광객들을 보며 '역시, 서울이 최고'라고 생각했을까요? 불현듯 궁금해집니다.

일본드라마 <고스트 라이터>

#일본작가 #일본출판 #일본드라마 #고스트라이터

일본에서 잘 나가는 작가는 어떤 하루를 보낼까요? (사실 한국의 잘 나가는 작가가 어떤 하루를 보내는지도 잘 모르지만) 일본 출판계는 어떻게 일하고 작가를 관리할까 하는 관심이 일본드라마 <고스트 라이터>를 본 이유였습니다.

역시나 일본 출판사 뒷이야기(?)가 많이 나와서 신나게 봤습니다. 한국도 여러 면에서 출판계 사정이 일본과 별반 다르지 않다는 점에서 무척 흥미 있었고 귀에 착착 감기는 좋은 대사도 많이 나옵니다.

이 드라마는 두 가지 점에서 저를 놀라게 했는데요, 그 첫 번째는 다음과 같습니다.

먼저 이 드라마가 눈에 띈 것은 주연배우인 나카타니 미키입니다. 기무라 타쿠야가 나온 드라마 <미야모토 무사시>에서 게이샤 역할을 했는데 '흐억' 소리가 나올 정도로 대단한 연기를 선보였습니다. 진짜 교토 기온의 게

이샤도 울고 갈 연기였습니다. (물론 제가 교토 기온의 게이샤를 만난 적은 없습니다만) 하긴, 그녀는 원래 연기파 배우긴 합니다. 이 드라마는 무엇보다 잘 만든 드라마입니다. 보는 동안 무려 세 번 이상의 반전을 경험할 수 있습니다.

『글쓰기 로드맵 101』이라는 책을 아시나요? 제가 글쓰기 공부를 하며 재미있게 읽었던 책입니다. 이 책의 rule(룰) 065가 '플롯에 세밀함 더하기'입니다. 이야기에서 세 번의 반전 다음에 클라이맥스가 있고 대단원의 막을 내리며 마지막 충격을 준다는 내용입니다. 이런 이야기 구조가 일본 드라마 <고스트 라이터>에 그대로 나옵니다. 이 드라마는 반전에 반전을 거듭합니다.

주인공은 마지막 반전, 가장 심한 좌절을 극복한다. 여기서 그의 세계관이 변화한다.

-『글쓰기 로드맵 101』

고스트 라이터에서도 주인공의 심리 변화는 곧 그녀의 세계관의 변화를 의미합니다. 드라마의 줄거리를 살펴보면 천재 소설가, 소설의 여왕이라는 화려한 명성을 가지고 데뷔 이래 15년간 정상을 유지한 여류 소설가 토노 리사. 모든 것을 다 가진 듯 보이는 그녀지만 최근 2년간 부진을 겪으며 재능의 고갈로 치명적인 위기를 맞이한다. 그때 토노 리사의 임시 어시스턴트로 우연히 그녀 앞에 나타난 카와하라 유키. 일련의 사건으로 토노 리사는 그녀의 야심과 작가로서의 재능을 알아차리게 된다.

한편 토노 리사의 담당 편집자인 출판사 '포사'의 칸자키는 자신의 성공과 명예를 위해 이 두 사람을 적극적으로 이용한다. 재능은 사라졌지만 이름이 있는 토노 리사와 이름은 없지만 재능은 있는 카와하라 유키. 두 사람은 서로의 필요와 돈과 명예로 뒤얽힌 주변의 묵인하에 공동으로 소설을 써나가고 (나중에는 카와하라 유키가 모든 집필을 한다) 한동안 두 사람의 비밀 작업은 잘 진행되는 듯했다.

하지만 양심의 가책과 가정사에 지친 토노 리사가 은퇴를 준비하고 결혼까지 포기하게 된다. 자신의 인생을 바쳐 고스트 라이터 일을 시작한 카와하라 유키는 이를 받아들이기 힘들어하며 두 사람은 엄청난 운명의 소용돌이에 휘말리게 되는데….

이 뒤로 반전에 반전을 거듭한 흥미진진한 이야기가 펼쳐집니다. 저는 처음에 위의 내용에서 한 번쯤의 반전, 그러니까 드라마 도입부에서 두 여주인공이 비 오는 날 길바닥에서 머리끄덩이 잡고 육탄전을 벌이는 장면이 클라이맥스고 이 작품의 결말인 줄 알았습니다. 그러나 천만의 말씀이었습니다. 그 장면은 반전 #1에 지나지 않았습니다.

반전 #1은 토노 리사의 갑작스러운 은퇴 결심에 비록 고스트 라이터지만 창작의 기쁨을 느끼고 있던 카와하라 유키가 비수를 꺼내 드는 내용입니다. (위에서 언급한 머리끄덩이 장면) 자신이 토노 리사의 고스트 라이터라는 것을 세상에 알리려고 시도한 겁니다. 그 뒤로 이어지는 반전 #2, 반전 #3을 보며 '아, 이야기는 이렇게 만들어야 하는구나!'라고 감명받았습니다.

이 작품은 주인공들의 연기도 뛰어나지만 스토리텔링이 대단합니다. 혹시 글쓰기를 공부하시거나 관심 있는 분들도 보면 무척 좋을 겁니다. 한 마디로 이 드라마 1회를 보면 끝까지 달리게 됩니다.

또 한 가지, 드라마 속 인물들의 집이나 방, 일하는 장소가 아주 인상적입니다. 토노 리사가 일하는 작업실은 바다가 보이는 멋진 건물입니다. 특히 그녀의 방만 계단을 올라 간 2층에 위치해서 그녀의 사회적 위치나 명예 등을 상징합니다. 그리고 드라마의 큰 축을 이루는 출판사의 경우 마치 70, 80년대의 사무실을 연상할 정도로 옛스럽고 좀 고루한 분위기입니다.

이런 장소 설정도 미리 계산되었다고 생각되는데요, 사실 드라마에서 토노 리사는 뼛속까지 악랄한 인물은 아닙니다. 어릴 때 그녀의 어머니는 딸의 자존감을 키워주지 못하고 항상 "이 아이는 내가 없으면 아무것도 못한다니까"라고 말합니다. 이런 토노 리사에게 작가로써의 성공은 그 무엇과도 바꿀 수 없는 자신의 존재 증명이자 최후의 보루입니다.

그런데 이런 그녀에게 작가로서의 지위를 흔들리게 하는 일이 생기니 인생 전체가 무너지는 듯한 고통을 느끼죠. 비록 고뇌하지만 인간적이고 품위가 있으며 카와하라 유키를 진심으로 걱정하기도 합니다.

특히 품위 있는 연기는 일품입니다. 최근에 이와이 순지 감독의 <러브 레터>를 다시 보니 예전에 봤을 때는 몰랐는데 여주인공 나카야마 미호의 연기가 굉장히 품위가 있더군요. 품위, 절제, 뭐 결국 연기력이기도 한데요, 그런 느낌을 이 작품을 보며 나카타니 미키에게서 많이 받았습니다.

반면 출판사 편집장인 칸자키는 오로지 책이 팔리는 것만 생각하는 인물입니다. 출판사에는 이런 칸자키와 대비되는 '오다'라는 인물이 나와서 균형을 유지합니다. 작가와 좋은 작품을 먼저 생각하는 인물로 드라마 전개에 중요한 역할을 합니다. 카와하라 유키의 집도 그녀의 위상이 바뀜에 따라 드라마가 진행되며 바뀝니다. 이런 부분도 고려하면서 드라마를 보면 더 재미있습니다.

두 번째 놀란 점은 다음과 같습니다. 지금부터는 드라마 스포일러이니 드라마 보실 분은 읽지 마세요.

토노 리사(대필 작가를 이용하게 된 문단의 여왕)는 양심의 가책을 느껴 스스로 진실을 밝히고 모든 것을 다 내려놓습니다. 즉, 자신의 소설은 전부 카와하라 유키라는 고스트 라이터가 썼다는 것을 공개 방송에서 인정합니다. 이 부분이 바로 위에서 언급한 드라마의 반전 #2 입니다. 이 부분에서 드라마를 보는 사람들은 토노 리사를 더 이상

미워할 수 없게 됩니다.

　그 다음은 정해진 수순입니다. 카와하라 유키는 비록 고스트 라이터였을 때의 작품이지만 자신이 쓴 책이 연달아 베스트셀러가 된, 저력을 가진 작가로 급부상하고 꿈에도 그리던 잘 나가는 작가가 됩니다. 반면 토노 리사는 아무도 받아주지 않는 신세로 전락합니다. 극적인 반전이죠. 저는 이런 반전을 상상도 못했습니다.

　더 이상 소설이 써지지도, 쓰고 싶은 마음도 없어진 토노 리사는 평범한 일상을 즐깁니다. 반면 카와하라 유키는 화려한 생활도 잠시, 또 다른 고민에 휩싸이게 됩니다. 사람들은 자신을 있는 그대로의 '카와하라 유키'로 봐주지 않습니다. '전에 (토노 리사의) 고스트 라이터였던' 카와하라 유키로만 봅니다.

　출판사도 책을 파는 상업적인 목적이 최우선되다보니 작가의 이런 고충 따위는 아랑곳없이 책 선전에 반드시 "고스트 라이터였던"을 붙여댑니다. 그러다가 결국 카와하라 유키는 소설이 써지지 않게 됩니다. 예전에 토노 리사가 겪었던 것과 똑같은 위기를 겪게 되는 것이죠. 이 부분은 반전이라고도 할 수 있지만 조금 약합니다.

그다음 반전 #3는 마음을 비운 토노 리사가 드디어 글을 쓸 수 있게 된 겁니다. 처음 시작할 때와 상황이 완전 반대가 된 것입니다. 토노 리사는 글을 쓰지 못하는 카와하라 유키에게 자신의 원고를 줍니다. 과연 카와하라 유키는 이 원고를 덥썩 받을까요? 어차피 토노 리사의 원고는 어떤 출판사에서도 받아주지 않습니다. 마치 드라마가 처음 시작할 때 무명이었던 카와하라 유키의 처지와 같아진 겁니다.

하지만 여기서 또 반전이 일어납니다. 토노 리사와 카와하라 유키는 손을 잡고 '공동 집필'을 하고 자비출판을 합니다. 이 책이 다시 빅히트를 치며 두 사람은 멋지게 부활합니다. 이 과정에서 돈만 쫓고 작가는 안중에 없었던 출판사 편집자인 칸자키가 이 연합군(진정 작가를 생각하는 편집자 몇 명이 힘을 모아 작가들을 뒤에서 몰래 돕습니다)에게 뒤통수를 호되게 맞습니다. 사실 두 여작가를 대립하게 만들고 모든 갈등 상황을 만든 이는 칸자키 편집장으로 대변되는 '돈만 아는 출판사'입니다.

이 드라마는 일본이나 한국의 출판계에 대한 호된 질책 같아 보이기도 했습니다. 출판계에 관한 내용이라 생각

없이 봤다가 많은 생각을 하게 해 준 드라마입니다.

몇몇 작은 출판사들의 인터뷰를 읽었습니다.

"돈이 되지 않는 책을 내기도 합니다. 우리가 아니면 반드시 나와야 하는 이 책이 세상에 못 나온다고 생각해서…"

예전에는 이 말이 전혀 이해가 안 되었습니다. 그래도 돈을 벌 수 있어야 책을 낼 수 있는 최소한의 조건이 되지 않을까? 물론 지금은 생각이 바뀌었습니다. 출판 8년째, 이제 어떤 말인지 조금은 알 것 같습니다. 작지만 좋은 출판사를 꿈꿔봅니다.

오미야게 이야기

#오미야게 #토산품 #특산물 #온천 #일본과자

30대 초반에 회사 일로 일본 출장을 자주 다녔습니다.

첫 일본 출장 때는 빈손으로 갔습니다. 거래처고 하니 신경을 좀 썼어야 하는데 그런 정신도 주변머리도 없었습니다. 그 후에도 우리 팀원들이 김이나 김치 등을 사서 같이 일하는 일본 직원들에게 돌릴 때도 저는 시큰둥했습니다. 일만 잘하면 되지 무슨 인사치레인가 싶어서였습니다.

하지만 시간이 흐르면서 같이 일하는 일본 동료들이 추석이나 설에 집에 다녀오면서 또는 온천에 놀러 갔다 왔다며 주는 오미야게가 엄청나게 늘어났습니다. 과자 하나지만 받고 나니 참 고맙기도 하고 신경도 쓰였습니다. 도쿠시마가 집이라는 한 신입사원은 인스턴트 도쿠시마 라면을 주기도 했습니다. 독특한 과자가 어찌나 많은지 한 번도 같은 종류를 받아 본 적이 없을 정도입니다.

일본의 추석인 오봉(お盆)이라도 지나갈 치라면 제 책상에는 누가 두고 갔는지도 모를 온갖 종류의 과자들이 줄서 있곤 했습니다.

오미야게는 일본어로 'お土産'이라고 씁니다. 한자만 본다면 어떤 고장의 토산품 정도 된다고 생각하기 쉬우나 꼭 토산품이라고도 하기는 그렇고 굳이 우리말로 해석하자면 선물인데 지방의 특산물을 주로 의미합니다. 대체로 명절에 고향을 다녀왔다던지 여행이나 출장 등을 다녀오면서 현지에서 산 선물을 뜻합니다.

먹을 것이 대부분으로 가장 많은 것은 역시 과자 같은 먹거리입니다. 직장 동료나 주변 사람들을 다 챙기다 보면 금전적으로나 만족도로 보나 과자 만한 것이 없습니다. 그냥 선물은 プレゼント(present, 프레젠또)라고 부릅니다.

사정이 이렇게 되고 보니 저도 항상 가만히 있을 수만은 없었습니다. 더군다나 우리 거래처의 부장이 전에 회식 자리에서 '난 한국 김 엄청 좋아한다~'라며 제게 말하더군요. (도대체! 왜!) 그 말은 마치 '최상~ 한국 김 좀 사 와봐라~'라는 말로 들렸습니다.

그리하여 일본 출장을 다닌 지 거의 10개월이 다 되어 갈 즈음, 김을 사가지고 출장을 갔습니다. 사실 일본 관광객들이 잘 사 가는 김은 먹을 만한 크기로 작게 포장된 김이지만 너무 양이 적어 보였습니다. 우린 또 넘 자잘한 거 안 좋아합니다. 자르지 않은 커다란 양념 김이 5장씩 들어 있는 것으로 골랐습니다. 김 좋아하는 부장에게는 5개나 주었고 넘버2(과장)에게도 5개를 선물했습니다. 그런데 그 넘버2의 반응 "이거 최상이 사 온 거 맞아요?" 흐흐흑 제가 그동안 얼마나 인색하게 굴었으면….

같이 일하던 다른 일본 동료들에게도 김을 나누어 주었습니다. 그 뜨거운 반응들! 받자마자 뜯어서 먹는 직원도 있었습니다. 으… 진작 오미야게 사 올걸 하고 후회가 밀려왔습니다. 그 후에 일본에 출장 갈 때마다 김을 몇 번 더 사가고 한번은 찹쌀떡을 사가지고 가서 돌렸습니다.

일본의 다른 사이트에서 일하는 우리 회사 사람들에게 같이 일하는 일본 동료들에게 어떤 오미야게를 많이 선물하냐고 물었더니 김이 단연 1위고 작게 포장된 꼬마 김치나 라면도 인기가 있었습니다.

사실 오미야게는 어떤 물건을 주고받는 것이라기 보다

는 마음을 주고받는 것입니다. 작은 것이라도 주고받는 그 행위에 의미가 있는 것이죠. 일본인들과 일할 기회가 생긴다면 사소한 것이라도 한국적인 것을 오미야게로 준비하면 어떨까요. 그건 뇌물이나 아부가 아니라 정이기 때문입니다. 전 그것도 모르고 처음에 그런 것을 왜 주고받느냐고 했으니….

도쿄 서점 이야기

#츠타야 #기노쿠니야 #일본서점 #긴자식스

비 오는 날 도쿄에서 책을 보기에 가장 운치 있는 장소 하나를 꼽으라면 츠타야 서점 다이칸야마점을 들고 싶다.

- 『동경 책방기』

한국에서 최근에 개점하거나 재개장하는 대형서점은 대부분 '라이프 스타일 공간'을 표방하고 있습니다. 예를 들어 교보문고의 100인 탁자, 아크앤북 등이 있습니다.

이는 대부분 취향을 제안하는 서점으로 유명한 일본의 츠타야를 벤치마킹한 것으로 보입니다. 하지만 단지 라이프 스타일 서점을 표방하고 책 이외의 물건들을 진열한다고 해서 모든 서점이 츠타야 같은 성공을 할 수 있지는 않습니다.

출판 잡지 <기획회의>의 내용에 의하면 서점이 진정

갖추어야 할 요소는 표면적인 모방보다는 '사람'이라고 합니다. 큐레이션이 가능한 인력이 존재해야 고객에게 맞는 제안이 가능하기 때문이죠. 서점은 단순히 물건을 파는 공간이 아니라 사람과 사람, 책과 사람이 따뜻한 공감을 전제로 한 교류를 하는 문화의 최전선이기 때문입니다.

한국 ○○서점의 경우 서점 책장이 철제인데 정말 아니다 싶습니다. 너무 차가운 느낌이 듭니다. 서점의 분위기와 조명, 책장의 재질도 중요하죠. 요즘 사람들은 책만 보러 서점에 가는 것이 아니니까요. 서점은 힐링 공간이라는 생각도 듭니다. 다이칸야마 츠타야는 '세계에서 가장 아름다운 서점 20'에도 선정되었다고 합니다.

사실 다이칸야마 츠타야의 건물 구조는 불친절합니다. 저 같은 길치, 방향치는 안팎으로 서점 돌아다니다가 길 잃기 딱 좋습니다. 건물은 3개 동으로 나뉘어 있는데 각각 테마를 가지고 있고 구름다리(?)로 연결되는 구조입니다. 하지만 이런 건물 배치와 구조는 굉장히 의도적으로 보입니다.

2019년, 3박 4일 동안 일본 유명 서점을 돌아보고 왔습니다. 출판계 사람들과 동행했는데 택시를 타고 다이칸야마 츠타야로 향하면서 나이 지긋하신 기사님과 대화를 나누었습니다. 왜 다이칸야마 츠타야를 가냐고 물어보셨습니다. 자기 같으면 절대 거기 안 간다며 서점은 역시 진보초라고 말씀하셔서 재미있었습니다. 한국에서 아주 유명한 장소라고 말씀드렸더니 그렇냐며 신기해하셨습니다

입구에 들어서자 맨 처음 눈에 띈 것은 나라 요시토모의 드로잉집이었습니다. 다이칸야마 츠타야는 예술, 실용 분야 책 위주로 진열되어 있었습니다. 한국에도 번역 출간된 『도쿄 카페 산책』도 보이고 서울 가이드 북도 보입니다. 마침 서점 내에서 작은 음악회가 열리고 있었습니다. 서점 2층이 아이들 노랫소리로 가득 찼습니다.

자동차 관련 잡지를 모아놓은 서가도 있었는데 그 종류와 양이 엄청났습니다. 확실히 누군가의 취향을 중시해주는 서점이었습니다. 내가 좋아하는 분야가 있는데 서점에 이런 공간이 있다면 시간 날 때마다 가게 되지 않을까요? 분명 갈 때마다 서점은 새로운 잡지를 선보일 것 같습니다.

배열에 상당히 공을 들인 느낌이었고 솔직히 그 이유를

말로 표현할 수는 없지만 다이칸야마 츠타야에서 보내는 시간 자체가 즐거웠습니다. 그곳에 있는 사람들도 서점을 즐기고 있다는 느낌이었습니다. 일요일이었는데 정말 사람이 많았습니다. 일요일 오후를 조용하고 차분하게 보내기에 아주 좋은 장소였습니다.

이 서점에 특정 주제에 관한 잡지를 많이 모아놓은 공간이 가능한 이유 중에는 일본이 잡지 왕국이라는 점도 크게 작용했을 것입니다. 일본에서 가장 매출이 높은 출판 분야는 만화와 잡지입니다. 다양하고 엄청난 정보를 가진 전문잡지들이 차고 넘칩니다.

츠타야는 자체 제작한 잡지를 팔아서 굉장한 수익을 올리고 있다고 합니다. 아무래도 다른 출판사에서 만든 잡지만 파는 것보다 자체 제작한 잡지를 판매하면 수익이 높을 것입니다. 서점에서의 판매로 파악한 고객의 니즈도 바로 만드는 책이나 잡지에 반영할 수 있고요.

2층에 있는 북카페 안진에도 엄청난 양의 과월호 잡지가 있습니다. 이 북카페의 콜렉션은 국내외 과월호 잡지로 구성되어 있습니다. 박물관에서나 볼 수 있을 듯한 희귀도서까지 있다고 하니 다이칸야마 츠타야에 가게 되면 시간을 잘 안배해서 안진도 꼭 들러보세요.

한참 서점을 둘러보고 같이 방문했던 출판 동료들과 서점 바로 옆에 있는 카페에서 잠시 숨을 돌렸습니다. 다이칸야마 츠타야 내부 스타벅스는 사람들이 꽉 차서 자리가 전혀 없었습니다. 츠타야 2층에 있는 카페 안진도 꼭 가보고 싶었는데 줄을 서서 기다릴 정도로 사람이 많아서 포기했습니다.

한 출판사 대표님이 다이칸야마 츠타야는 음악이 없고 조명이 특이해서 집중이 잘 되는 공간이라고 말씀하셨습니다. 아, 역시 아는 만큼 보이는구나라고 생각했습니다. 다이칸야마에 츠타야가 생기고 주변에 카페와 레스토랑이 많이 생겼다고 합니다. 잘 지은 서점 하나가 동네 분위기를 바꾸어 놓았네요.

서점은 책을 파는 곳이라기 보다는 내가 주인공이 될 수 있는 장소라고 생각합니다. 지적 허영심도 충족시켜주고 서가를 거닐며 이런 저런 생각도 하고 눈에 들어오는 책, 물건, 그곳을 즐기고 있는 사람들의 모습도 조용히 볼 수 있습니다. 차분한 분위기에서 많은 정보를 얻고 생각을 깊게 할 수 있는 곳. 이런 장소가 또 있을까요?

일본 료칸의 특별한 매력

#료칸 #온천 #마츠에 #유후인 #우레시노

　세상이 넓다지만, 그 나라 특유의 접객 격식과 음식 향응을 기본으로 하는 숙박 시설로 서양식 고급 호텔보다 비싼 요금을 설정할 수 있는 서비스 형식을 가진 나라는 일본 말고는 달리 없다.

　유명 그래픽 디자이너이며 '무인양품'의 디자인 철학과 체계를 정립한 하라 켄야(原研哉)가 일본 전통 숙박 시설인 료칸에 관해 한 말입니다. 료칸은 독자적 문화에 뿌리내린 서비스 방식이 글로벌 경쟁력을 갖는 보기 드문 사례입니다. 료칸 자체가 여행의 목적지가 되기도 합니다. 일반적으로 일본 전통을 살린 시설에 온천이 있고 1박에 고급 정식요리인 가이세키 요리(会席料理, 일본의 연회용 코스)가 나오는 저녁과 아침까지 포함되어 있습니다.

　급에 따라 5성 호텔보다 더 비싼 료칸도 존재합니다. 그렇다면 이런 료칸에는 어떤 매력이 숨어 있기에 일본 사람들도 료칸에서의 1박을 여행의 로망으로 삼을까요? 제가 경험한 세 료칸 이야기로 그 이유를 알아보는 짧은 여행을 시작해 보겠습니다.

마츠에松江 다마츠쿠리玉造 온천가
마츠노유松のゆ 료칸

10년 전 마츠에 여행에서 일본 전통 료칸 1박을 했습니다. 다마츠쿠리 온천은 일본에서 역사가 가장 오래된 온천입니다. 옥을 갈고 다듬는 장인이라는 뜻의 다마츠쿠리(玉造)라는 이름에서 알 수 있듯이 곡옥 산지로도 유명합니다. 2박 3일 일정 중 두 번째 날에 료칸에 숙박했습니다. 여행 마지막 날에 료칸에 묵으면 여행의 여운도 오래 남고 좋습니다.

우리가 갔던 날은 월요일이었는데 손님이 거의 없었습니다. 알고 보니 전날인 일요일에 200명이나 투숙했었고 합니다. 마츠노유는 꽤 규모가 큰 료칸으로 실내에 넓은 정원도 있고 로비도 상당히 넓었습니다. 일본 료칸은 전국적으로 4만 개가 넘는데 규모와 요금이 다양합니다.

일반적으로 100실 이상이면 대형 료칸, 31실 이상 99실 이하는 중형 료칸, 30실 이하면 소형 료칸으로 구분합니다. 마츠노유는 객실이 74개로 중형 료칸 규모였습니다.

　독특한 일본 문화를 경험하자는 생각에 처음 갔던 료칸에서 가장 인상적인 경험은 뜻밖에도 '이부자리 깔기'였습니다. 아니 더 정확하게 말하면 우리가 까는 것이 아니니 '이부자리 까는 모습 보기'였습니다. 방에서 거한 가이세키로 저녁 식사를 마친 후 쉬고 있으니 '이불 깔아 주는 그분'이 오셨습니다.

그냥 '이불을 깐다'기보다는 행위 예술에 가깝습니다. 바닥에 요를 깔고 그 위에 깨끗한 흰 면 시트를 활짝 펼친 다음 네 면을 모두 이불 밑으로 꼭꼭 집어넣습니다. 우리 가족이 4명이었으니 무려 4개의 요를 모두 해주었습니다.

방 한쪽에 서서 처음 겪는 그 광경을 넋을 놓고 봤습니다. 특히 아이들이 너무 재미있어했습니다. 이불 까는 작업은 쉽지 않아 보였습니다. 보고 있는 자체가 조금 부담이 될 정도였는데 료칸 직원은 이불을 다 깔아주고 인사를 하고 휭~ 나갔습니다. 그냥 보내기가 미안할 정도였습

니다.

그날 밤 너무나도 폭신폭신하고 보송보송한 이불에서 기분 좋게 잠을 청할 수 있었습니다. 그 이불은 그냥 잘 정돈된 이불이 아니라 료칸 직원의 배려가 스며들어 있기에 더욱더 그러했을 것입니다. 료칸에서의 경험은 이처럼 심리적 만족감이 높습니다. 일본 전통 료칸은 새로운 것을 체험하고자 하는 여행의 목적을 달성하기에 부족함이 없었습니다.

다음 날 아침, 식사 후 온천가 산책을 하고 공항으로 가기 위해 짐을 쌌습니다. 호텔 로비에서 택시를 불러 달라고 요청하고 현관 앞을 무심코 보다가 눈이 휘둥그레졌다. 들어올 때는 보지 못했는데 제 이름이 료칸 입구의 '환영'이라고 적힌 판에 떡하니 걸려 있는 것이었습니다!

료칸에서 나를 이렇게까지 대접하고 있구나라는 생각에 괜히 기분이 더 좋아졌습니다. 다음번 일본 여행에서도 꼭 료칸에서 1박을 해야겠다고 다짐한 순간이었습니다.

유후인由布院

메바에소めばえ荘 **료칸**

료칸의 묘미에 빠져 그다음 해 규슈 여행에도 일정에 료칸 1박을 넣었습니다. 일본에서 인기 있는 여행지인 사가현 유후인의 료칸이었습니다. 유후인에는 대형 료칸이나 호텔이 없는데 주변 자연환경을 지키고 상생하려는 의도라고 합니다. 우리가 묵었던 메바에소도 객실 18개 규모로 아주 크지는 않았지만 노천탕도 있고 실내 정원도 있는 등 내부가 아주 잘 꾸며져 있었습니다. 유후인 중심가와는 조금 떨어져 있지만 유후다케산도 가까이 보이고 자연에 안긴 듯한 일본 시골 풍경을 그대로 느낄 수 있었습니다.

유후인이 알려지는 데는 미야자키 하야오 감독도 한몫했다고 합니다. 대표작 <이웃집 토토로>와 <센과 치히로의 행방불명> 등이 유후인을 배경으로 만들어졌습니다.

메바에소도 저녁 식사와 다음 날 아침이 제공되었는데 방에서 하는 식사는 아니고 식당으로 이동해서 가이세키 요리를 먹었습니다. 독실이라 방에서 먹는 것처럼 편안했습니다. 메바에소에 유후인의 3대 셰프가 있기로 유명하다는 이야기를 들었는데 식사가 아주 만족스러웠습니다. 음식이 신선하고 원재료의 맛을 잘 살렸습니다. 일본 료칸들은 유명 요리장을 두고 지역의 독특한 음식을 내놓으며 경쟁합니다.

유후인의 료칸들이 규모가 작아도 경쟁력이 있고 인기가 있는 이유는 이런 훌륭한 식사와 서비스 때문일 것입니다. 특히 메바에소에서는 방에서 유후인의 상징인 유후다케 산이 잘 보여서 무엇보다 전망이 탁월했습니다. 마침 손님도 없어서 온천탕과 노천탕을 독차지하고 사용했습니다.

저녁과 아침을 먹을 때는 같은 직원이 식사를 도와주었습니다. 전날에도 늦게까지 일했을 텐데 아침 식사도 도와주니 정말 고맙다는 생각이 들었습니다. 젊은 분이 정성을 다해 일하는 모습이 보기 좋았습니다. 정갈한 아침 식사를 마치고 방에서 잠시 휴식을 취하며 창밖으로 보이는 유후인의 소담하지만 운치 있는 풍경을 감상했습니다. 참 잘 쉬었다는 기분이었습니다.

메바에소에서 유후인역까지는 거리가 좀 있어서 료칸의 송영 서비스(고객을 역에서 료칸까지 차로 데려다주는 서비스)가 있습니다. 료칸 사장님이 차로 직접 데려다주셨습

니다. 이날은 한국에 돌아가는 날이었는데 이때 여행의 대미를 장식하는 작지만 귀여운 사건(?)이 발생했습니다.

료칸에서 떠날 때는 보통 료칸 주인이나 나카이상(료칸 직원)이 료칸 앞에 나와서 손을 흔들며 배웅을 해 줍니다. 이날도 우리 식사를 도와줬던 나카이 상이 손을 흔들며 배웅을 해 주었습니다. 차에 타서 손을 흔들던 5살 딸아이가 그때부터 울기 시작했습니다. 훌쩍훌쩍은 엉엉으로 바뀌고 운전하시던 사장님도 백미러로 보며 웃고 계셨습니다.

"난 여기가 좋은데 잉잉~~ 가기 싫어~~"

아이가 무슨 말을 하는지 궁금해 하실 것 같아 사장님께 통역해 드렸더니 웃으면서 너무 좋아하셨습니다. 료칸이 무척 마음에 들었나 봅니다. 저도 친절한 직원들의 세심한 배려와 맛있는 식사, 온천욕, 편안한 잠자리가 있는 메바에소에서의 1박에 마음 깊이 만족했습니다. 초등학교 2학년이었던 큰 아이는 그곳이 우리 집처럼 편안했다고 말했습니다. 많은 의미를 간직한 둘째 아이의 눈물은 료칸 사장님께 좋은 선물이 되었으리라 지금도 믿고 있습니다.

사가현佐賀県 우레시노嬉野

와타야벳소和多屋別莊 료칸

그다음 해 사가현 여행에서 또다시 료칸에 가게 되었습니다. 우레시노 온천은 약 1,300년의 역사를 가진 곳으로 미인온천(美人溫泉)이라고 불릴 만큼 물이 좋기로 유명합니다. 우리가 묵었던 료칸 '와타야벳소'는 우레시노 최대 규모로 3만 평의 부지에 일본 정원과 5개의 숙박동, 131개의 객실을 보유한 대형 료칸 규모였습니다.

사실 이 료칸을 선택한 이유 중 하나는 '오카미상' 때문이었습니다. 한 여행가이드 책에 와타야벳소의 오카미 상 사진이 실려 있었는데 무척 인상적이었습니다. '아, 저곳에 가면 드라마에서나 보던 오카미 상을 만날 수 있겠구나'라는 기대감이 있었습니다.

오카미(女將)는 요릿집이나 료칸의 여주인을 뜻합니다. 실제로 주인 역할도 하고 얼굴마담 역할도 하는 존재로 종종 일본 드라마에 주인공이나 조연으로 등장하는 모습을 볼 수 있었습니다. 한자의 뜻처럼 종업원을 부리는 여자 대장을 의미하기도 하며 료칸에서는 숙박, 식사 등 운영을 관할합니다. 료칸에 따라 오카미의 존재를 내세우고 실제로 오카미가 큰 역할을 하고 홍보에 영향을 끼치는 경우도 있습니다.

결론부터 이야기하면 와타야벳소의 오카미 상은 그림자도 볼 수 없었습니다. 우리를 반긴 건 검은 정장을 말쑥하게 차려입은 지배인과 남자 직원들이었습니다. 물론 지배인은 더할 나위 없는 친절과 배려, 품위로 우리를 감동하게 했고 한국 직원 한 분도 우리를 위해 신경을 많이 써주었지만 오카미 상을 못 만난 것이 유난히 아쉬웠습니다. 지금 생각해보니 한국인 직원에게 오카미 상은 왜 안 보이냐고 물어볼 걸 그랬습니다.

하지만 실망하기에는 이릅니다. 료칸에는 다양하고 독특한 즐길 거리가 존재하기 때문입니다. 이 료칸에서는 특별히 가시키리 온천, 즉 전세탕을 체험해보기로 했습니다. 와타야벳소의 가시키리는 알고 보니 온천이 딸린 방을 빌려주는 형태였습니다. 가시키리에 들어가 보니 역시 방이 크고 화려했고 욕실은 가케나가시(온천수를 계속 흘려보내기 때문에 청결한 온천수를 즐길 수 있다) 형태였습니다. 욕조의 모서리에 상자 같은 것이 있어서 물이 계속 졸졸 흘러나오고 있고 왼쪽으로는 물이 계속 넘치며 흘러나가

물의 청결을 유지하고 있었습니다. 욕실의 정면은 통창으로 되어 있어 밖으로 일본식 정원과 나무가 보여서 운치를 더했습니다.

와타야벳소에서도 저녁을 카이세키로 맛있게 먹었습니다. 아이들이 남긴 음식을 먹느라 배가 불러서 맨 마지막에 나오는 쌀밥 정식을 못 먹을 것 같았습니다. 남기면 아까울 것 같아서 안 주셔도 된다고 했더니 "오니기리(주먹밥)로 만들어 드릴까요?"하고 말합니다. 그래서 미안했지만 그렇게 해달라고 청했더니 나중에 방으로 예쁜 그릇에 정성껏 만든 오니기리 한 상이 왔습니다. 야식으로 또 먹었습니다. 일본 여행에서 직접 손으로 만든 오니기리를 맛보게 될 줄이야! 이런 별것 아닌 듯 작지만 세심한 배려에 료칸의 매력과 경쟁력이 있습니다.

료칸의 매력

료칸은 대부분 역사가 길고 자연과 함께 한 지역에 자리 잡고 있으며 제가 묵었던 료칸들처럼 하루 2식을 제공하는 곳이 많았습니다. 료칸에서의 특별한 식사는 다른 숙박시설과 차별화되는 료칸만의 경쟁력입니다. 일반적으로 료칸의 가장 큰 경쟁력은 '요리, 온천, 잠자리'라고

료칸을 경영하는 사람들은 말합니다. 실제 제가 경험한 료칸에서도 이 세 가지가 여행의 즐거움을 한껏 높여주었습니다. 이처럼 좋은 온천, 전통과 독특함을 가진 료칸의 시설, 멋진 주변 자연환경, 맛있는 요리를 즐기기 위해 많은 사람이 료칸을 찾습니다. 료칸의 매력은 이것뿐만이 아닙니다.

역사가 깊다 보니 스토리를 품은 료칸도 많습니다. 가와바타 야스나리가 머물며 소설『설국』을 써서 유명해진 니가타현 에치고유자와의 '다카한 료칸'에는 건물 2층에 가와바타의 집필실을 당시 모습 그대로 옮겨와 전시실로 공개하고 있습니다. 가와바타는 이 료칸에 6개월간 머물며『설국』을 집필했다고 합니다.

휴양지로 유명한 아타미(熱海)에 위치한 '호라이 료칸'은 오카미가 개인 돈 수억 엔을 들여 철거 직전의 일본 문화재급 건물을 료칸 밑에 옮겨놓은 뒤 7년에 걸쳐 원형 그대로 복원했다고 합니다. 호라이 료칸은 아타미에서 최고 료칸으로 인정받고 있으며 복원된 건물은 손님의 휴식 공간과 레스토랑으로 사용되고 있습니다.

이런 료칸들은 일부러 찾아가 보고 싶은 욕망을 불러일

으킵니다. 이처럼 누구나 관심을 가질만 한 역사적이고 독특한 스토리를 품는다면 방문객에게 더 큰 만족을 줄 수 있고 큰 경쟁력이 될 수 있습니다.

『내가 찾은 료칸』의 저자 가시와이 히사시는 많을 때는 1년에 250곳이 넘는 숙박시설을 이용하는 숙박 마니아입니다. 책에 소개한 100곳의 숙박시설을 선정하는 기준은 바로 품격, 역사, 개성이라고 합니다. 그중에서도 '개성'을 가장 중요시합니다. '개성 없는 숙박시설만큼 시시한 것은 없다'라고 일갈합니다. 인기 있는 료칸은 개성과 콘셉트가 존재하기에 그토록 많은 사람이 일본의 시골까지 일부러 찾아가게 만드는 것은 아닐까요?

국내 여행도 마찬가지일 것입니다. 좋은 서비스는 기본으로 하고, 많은 이들에게 새롭고 즐거운, 잊지 못할 경험을 줄 수 있다면 최고의 숙박일 겁니다. 해외여행이 어려운 요즘 많은 이들이 한국 여행에 관심을 가지게 되었습니다. 일본 료칸 못지않은 한국에서만 경험할 수 있는 새로운 형태의 숙박을 기대해 봅니다.

[참고 자료]

『일본 온천 료칸 여행』, 이형준, 즐거운 상상

『산속 작은 료칸이 매일 외국인으로 가득 차는 이유는?』, 니노미야 겐지, 21세기북스

『내가 찾은 료칸』, 가시와이 히사시, 시그마북스

[Why] 손님 한 분 한 분 마음으로 모시는 곳 - 일본 여관 탐험 호라이 료칸의 오카미를 만나다, 신문 기사, (조선일보, 2008.03.08)

일본에서의 슬기로운 절약 생활

#절약 #일본물가 #너무높아 #일본인친구

1년간의 어학연수를 마치고 귀국한 날이 2001년 9월 13일, 벌써 20년 전입니다. 미국에서 9.11테러가 일어난 지 이틀밖에 지나지 않았는데 비행기를 타서 친구들이 걱정했지만 아무 일 없이 잘 돌아왔습니다.

한국에 돌아오니 일본에서 만난 친구들이 가장 많이 생각났습니다. 친구들과의 추억은 제가 평생 간직할 수 있는 아름다운 기억이 되었고 그중에서도 가장 인상적인 것은 우리들(유학생 친구들과 일본인 친구들)의 치열했던(?) 절약 생활입니다.

일본 물가가 너무해

일본이 물가가 높다는 이야기는 새삼 할 필요도 없지만 덕분에 재미있는 일도 많았습니다. 처음 한국에서 일본으로 어학연수를 떠날 때는 가져간 짐이 거의 없었습니다.

소포 3박스는 기숙사로 부치고 트렁크 2개와 배낭 하나를 가지고 일본으로 갔습니다. 옷도 갈아입을 정도만 가져갔고 소포를 부치는 비용도 꽤 들기에 먹을 것도 많이 부치지 못했습니다.

반면에 저와 같은 기숙사에 들어간 한국인 친구는 무려 15박스의 소포를 한국에서 일본으로 부쳤습니다. 같은 기숙사라 방에 놀러 갔더니 박스가 방의 절반을 차지하고 있었습니다. 이 친구는 본격적인 유학을 오기 전에 일본에서 3개월 단기 유학을 했는데 기숙사에 살면서 밥을 해 먹지 않고 외식만 했더니 식비로만 한 달에 백만 원 이상이 들어서 이번에 절약 생활을 위해 확실하게 준비 한 것이라고 말했습니다.

전문대에 진학하려고 유학 기간을 3년 예상하고 생활용품도 많이 부쳤지만, 압도적으로 많은 것은 먹거리였습니다. 콘플레이크, 분유, 라면 등 오래 두고 먹을 수 있는 것이 대부분이었는데 앞으로 몇 달은 슈퍼에 안 가도 될 거라고 흐뭇해 했습니다. 저도 싼 배편으로 먹을 것을 좀 부쳤어야 했나라는 생각이 들었습니다.

하지만 그 친구는 결국 2주도 못 넘기고 슈퍼에 가고 말았습니다. 인스턴트 음식을 매일 먹다가 금방 질려 버렸기 때문입니다.

일본에 살면서 생계에 직접 관련이 없는 것 즉, 먹을 것을 사는 것 외에는 거의 돈을 쓴 일이 없었습니다. 옷도 딱 한 번 GAP에서 800엔짜리 티셔츠를 사 입은 것이 전부입니다. 그래도 일본에 왔는데! 라며 가끔 외식은 했지만, 대부분의 식사는 기숙사에서 직접 만들어 먹고 가끔 도시락으로 주먹밥을 만들어서 밖에서 먹기도 했습니다.

먹는 물은 한국에서와 마찬가지로 물을 끓여서 보리차를 넣어 먹었습니다. 하루는 함께 살던 일본인 친구가(기숙사는 쉐어하우스 형태로 5명이 각자의 방을 쓰고 거실과 목욕탕을 같이 쓰는 구조였습니다. 일본인 3명, 미국인 1명, 저 이렇게 5명이 같이 생활했습니다) 제가 물을 끓여 보리차 만드는 모습을 굉장히 심각하게 쳐다보는 겁니다. 그러다가 며칠 후 또 보리차를 만드는데 같이 사는 또 다른 일본인 친구가 정색하면서 이렇게 말했습니다.

"최, 수돗물 먹어?"

"응."

"나도 고향인 니가타에서는 물이 깨끗해서 수돗물 그냥

먹었는데 도쿄는 물이 깨끗하지 않아. 처음에 여기 와서 물을 먹고는 토할 뻔했어."

생각해보니 일본인 친구 중 두 명은 생수를 사 먹고 있었습니다. 보리차 만들어 먹으니 물맛 괜찮던데. 그리고 자기들도 요리할 때는 수돗물을 쓰면서 뭘….

혹시 제가 물을 끓여 먹지 않는다고 생각했던 것은 아닐까 싶기도 했습니다. 어쨌든 친구는 저를 생각해서 해준 말이니 고맙기도 했습니다. 그렇다고 큰 페트병 하나에 150엔 이상 하는 생수를 사 먹을 생각은 없었습니다. 왜냐하면 저는 가난한 유학생이었으니까요. 그래도 괜히 자존심 상해서 보리차는 아이들이 안 볼 때 몰래 만들어 먹었습니다.

일본 친구들은 밥도 잘 안 해 먹고 도시락을 사 먹거나 주로 외식을 했습니다. 전기나 가스도 아끼는 법이 없었습니다. 처음에는 그 아이들이 일본의 평균이라고 생각했습니다. 일본인이 절약 정신이 투철하다는 건 이젠 옛날이야기야, 저 애들을 봐, 내가 저 애들보다 훨씬 더 절약하면서 살고 있다고! 라고 생각했습니다. 하지만 이 생각이 그리 오래가지는 않았습니다.

뉴페이스들의 등장

새로 룸메이트로 들어온 일본인 친구들은(제가 10월 학기에 일본에 갔는데 일본의 대학은 4월이 새 학기입니다. 해가 바뀌어 새 학기가 되니 일본 아이들 중 2명이 나가고 2명이 새로 들어왔습니다) 이런 저의 생각을 뒤집어 놓았습니다. 둘 다 집은 넉넉한 편인 중산층이었지만 매사에 절약하는 모습이 몸에 배여 있었습니다.

대학생인 이 친구들은 학비가 1년에 80만 엔(800만 원) 정도인데다가 기숙사비만 해도 8만엔 정도이니(저는 외국인 할인으로 기숙사비를 5만 엔만 냈습니다) 집이 제법 잘 산다고 해도 엄청난 부담일 수밖에 없습니다. 그래서 생활비를 따로 부모님께 받지만 둘 다 아르바이트를 해서 용돈을 벌고 있었습니다.

학교에 갈 때는 항상 도시락을 싸서 갔습니다. 마유코는 채식주의자라 외식하기 어렵기도 했지만 가장 큰 이유는 역시 외식이 비싸기 때문이었습니다. 도시락 메뉴는 매번 오니기리(주먹밥)입니다. 저걸 먹고 끼니가 될까 걱정도 되지만 아침이나 전날 저녁에 부지런히 만들어서 학교에 가지고 갔습니다.

마유코는 학교가 멀어서 거의 매일 저녁 9시가 넘어 기숙사에 돌아오고 방학 때도 아르바이트 때문에 11시쯤 집에 돌아왔지만 저녁밥을 먹고 들어오는 일이 없었습니다. 와서 해 먹거나 미리 며칠 분량의 밥을 만들어서 냉장고에 넣어 두고 전자레인지에 데워 먹거나 했습니다.

마유코는 재활용 가게에서 물건 사는 것을 좋아했습니다. 자주 들리다 보면 꽤 쓸만한 물건을 싼 값에 살 수 있었습니다. 한번은 마유코가 못 보던 예쁜 치마 정장을 입고 있었습니다. 그러면서 하는 말이 800엔에 샀다는 겁니다. 또 한번은 100엔에 너무나도 마음에 드는 핸드백을 샀다면서 만나는 사람마다 붙잡고 이거 100엔 주고 샀다면서 자랑을 하기도 했습니다.

아무리 그래도 역시 우리 유니트(5명이 함께 쓰는 공간)의 구두쇠 여왕은 메구미였습니다. 메구미는 기숙사에 처음 들어와서부터 보리차를 만들어 먹어 저를 감동시켰습니다. 드디어 동지를 만났습니다. 역시 전에 살던 아이들이 일본의 평균은 아니었습니다. 그 비싼 생수를 매일 사 먹다니!

메구미는 알뜰해서 밖에서 밥을 사 먹는 일은 손에 꼽

을 정도였습니다. 하루는 저녁에 집에 돌아오면서 너무 배가 고파 전철역에 있는 소바(국수)집에서 350엔짜리 소바를 먹었습니다. 사실 350엔이면 제일 싼 음식에 속합니다. 메구미에게

"나 오늘 소바 먹고 왔다. 350엔이었어. 싸지?"

"사 먹으면 350엔이지만 만들어 먹으면 50엔밖에 안 들어."

라며 진지한 얼굴로 말했습니다. 저는 할 말을 잃고 말았습니다. 역시 절약의 여왕 메구미! 인정!

메구미는 슈퍼마켓도 한군데만 가지 않았습니다. 슈퍼마켓마다 어떤 물건이 싼지를 파악한 뒤 그 물건을 사려고 몇 군데고 돌아다녔습니다. 메구미가 슈퍼에 다녀온 저녁 우리들의 대화는 대체로 "이거 얼마 주고 산지 알아? 90엔이었다. 정말 싸지? 39슈퍼에서 샀어." 같은 내용이었습니다.

기숙사에는 방마다 에어컨이 있고 거실에도 한 대가 있었습니다. 온풍기를 겸한 것인데 메구미는 여름이 가까워져 더워지기 시작할 무렵부터 은근히 이런 말을 자주 했습니다.

"에어컨을 틀면 전기료 많이 나오니 틀지 말아야지!"

사실 이건 너희들 에어컨 틀면 알지~ 와 거의 같은 말로 들렸습니다. 기숙사의 전기료와 수도료는 5명이 쓴 총 비용을 5분의 1로 나누어 각자 부담하는 방식이었습니다. 기숙사의 이름처럼 우린 한배를 탄 것이었습니다. (기숙사 이름이 5-SHIPS 였습니다^^)

제 방은 제일 안쪽 구석에 있어서 문을 닫고 에어컨을 틀면 아무도 모르겠지만, 전기료가 많이 나오면 분명 의심받을 것이고 저도 전기료 적게 나오면 좋으니 몹시 더울 때를 제외하고는 거의 에어컨을 사용하지 않았습니다. '절약 정신도 감염되는구나'라는 생각을 하면서.

마유코는 더위와 추위를 많이 타서 메구미가 없을 때 몰래 에어컨을 켜는 것 같았습니다. 어느 무더운 여름날 메구미를 제외한 4명이 거실에 모여 있는데 너무 더워서 에어컨을 켰습니다. 얼마 지나지 않아 메구미가 집에 돌아왔습니다. 우리는 메구미에게 마구 변명을 늘어놓았습니다. 방금 켰는데 이제 끌거야 어쩌구 저쩌구. 도대체 이게 무슨….

평소에 거실의 에어컨을 켜는 일은 상상도 할 수 없는

일이었습니다. 에이컨을 안 틀어도 절약의 선봉장 메구미가 선풍기를 사서 거실에 둔 덕분에 더운 여름도 그럭저럭 잘 버티며 보낼 수 있었습니다.

메구미는 특별한 경우를 제외하고는 유니트에서 샤워하는 일이 없었습니다. 기숙사의 공동 목욕탕을 항상 이용하고 저도 자주 같이 가곤 했습니다. 한번은 물을 절약하기 위해 설거지를 모아서 같이 하자는 제안을 하기도 했습니다. 물론 실현되지는 못했지만. 지금 생각해도 대단한 메구미.

그렇게 1년이 지나 어학연수를 끝나고 귀국 날이 가까워졌습니다. 일본의 짐을 정리했는데 배편으로 부쳐도 우편요금이 너무 비싸서 쓸만한 물건이나 먹을 것을 친하게 지낸 한국인 친구들과 메구미, 마유코에게 골고루 나누어 주었습니다.

저도 친하게 지낸 미국인 룸메이트가 귀국하며 TV, 화장품, 그릇 등 많은 물건을 주고 가서 고마웠는데 친구들에게 물건을 나누어 주면서 조금이나마 친구들의 사랑에 보답할 수 있어 기뻤습니다. 형편없이 낡은 물건들은 버렸는데 이불과 베개도 원래 버리려고 했습니다.

이불은 초등학교 때부터 쓰던 물건으로 한국에서 가져올 때부터 이미 그 기구한 운명은 정해져 있었습니다. 일본에서 돌아오지 못 할 운명…. 이불과 베개를 버리려고 바깥으로 나가는데 거실에 앉아있던 메구미와 마유코가 저를 제지(?)했습니다.

"최, 그거 뭔데? 버리려고?"

"이불이랑 베개인데 너무 낡았어."

"버리지 말고 우리 줘. 한 번 보고 괜찮으면 쓰게. 아니면 버리고~"

그 후 제 이불과 베개가 어떻게 되었는지 모릅니다. 썼을까요? (유학 생활 최대 미스터리) 하지만 이런 대단한 메구미와 마유코를 능가하는 친구가 기숙사에 있었으니….

진짜가 나타났다! 구두쇠 최강자 등장

3개월 전에 새로 기숙사에 들어온 한국인 친구가 방을 바꾸게 되어서 전설의 일본인 친구 히로미와 같은 유니트에서 살게 되었습니다. 전에 살던 방에서 일본 아이들과 사이가 안 좋아서 마음고생 했는데 새로 들어간 유니트는 분위기가 좋다고 했습니다.

방을 옮긴 지 얼마 되지 않아 히로미가 빨래할 것이 있으면 달라고 해서 줬더니 빨래하고 널어서 말리고, 심지어는 예쁘게 개서 주더라는 것입니다. 우리는 정말 좋은 일본인 친구를 만났구나 라며 축하해 주었습니다. 그러나 몇 주 후 친구가 투덜대면서 하는 말이

"히로미가 내 빨래 해준 건 순전히 전기료와 수도세를 아끼기 위한 거였어. 요즘은 내가 빨래할 때 자기 빨래를 잽싸게 내놔서 빨래 다해주고 있어. 완전히 당했다니까!"

한번은 에어컨을 틀려고 하는데 작동이 안 됐다고 합니다. 알고 보니 히로미가 전기료를 아껴야 한다며 중앙전원을 내려놓은 것이었습니다. 당시에는 중앙전원 내린다고 얼마나 전기 절약된다고 저 극성인가 했습니다. 알고 보니 이런 노력들은 은근히 효과가 있어서 전기료와 수도료가 다른 유니트의 반 정도 밖에 안 나왔습니다! (유레카!)

나이도 어린 메구미와 마유코(당시 18살)가 알뜰하게 절약하면서 사는 모습에 한 두 번 놀란 것이 아닙니다. 마유코에게 너와 메구미를 보면 정말 절약하면서 산다고 했더니 일본 사람들은 옛날부터 절약하는 생활이 몸에 배어

있다며 당연하다는 반응이었습니다. 메구미와는 꽤 최근에 연락을 한 적이 있는데 두 아이의 엄마로 나고야에 살고 있습니다. 여전히 절약하며 살고 있냐고 물어보니 가능하면 아끼려고 노력한다고 말합니다. 역시!

　우리는 옛날보다 잘살게 되면서 언제부턴가 절약이라는 단어를 잊고 있지는 않은가요? 저부터 반성하게 됩니다.

김영하 여행자 도쿄

#김영하 #여행에세이 #도쿄 #오다이바 #일본맥주

『김영하 여행자 도쿄』를 제대로 읽어보기 2년 전쯤 서점에서 책을 한번 들춰 본 적이 있었습니다. 앞에는 단편소설 <마코토>였고 가운데는 사진이고 책의 반 정도가 여행기였습니다. 당시에 김영하가 누구인지, 얼마나 유명한 작가인지도 모르고 읽었던 기억이 납니다. 그 후 <마코토>도 다시 제대로 읽고 싶어졌고 김영하라는 유명 작가가 바라본 도쿄가 궁금해서 책을 사서 읽었습니다.

롤라이35를 들고 도쿄의 거리를 걷는 동안 내 몸은 카멜레온처럼 빛의 변화에 적응하고 있는 것이다

필름 카메라. 노출 스피드 조절 안 됨. 초점이 맞는지는 인화해 봐야 알게 됨. 김영하의 도쿄 동반자인 롤라이35는 불친절합니다. 하지만 불친절한 만큼 더 신경 쓰게 만

들고 온몸의 감각은 한층 예민해집니다. 우리는 여행을 가서 카메라를 들고 찍다가 문득 불안해집니다. 이 시간에 진짜를 보는 것이 더 나은 것이 아닌가? 이런 고민에서 작가는 조금은 더 자유로웠을 것입니다. 롤라이35 덕분에.

도쿄에선 모든 것이 정교하게 세팅되어 있고 주의 깊게 조절되고 있다는 느낌을 받게 된다. 있어야 할 것이 있어야 할 곳에 있고 모든 사물이 마치 행성들이 제 궤도를 따라 공전하듯 정확하게 움직이는 것 같다.

도쿄에서는 여성들의 옷차림조차 어떤 법칙을 따르는 듯한 느낌을 받은 적이 있습니다. 모든 것이 정교하게 세팅되어있다는 말은 정말 딱 들어맞는 적절한 표현입니다.

도쿄에서 일본 맥주를 먹는 것은 그래서 어디에서도 대체가 불가능한, 유니크한 경험이다. 도쿄에 발을 디디는 순간부터 기린과 아사히, 삿포로 같은 일본의 맥주들이 떠오른다.

작가는 도쿄의 최고 수준 생맥주에서 메이지 유신 이래로 지향해온 탈아입구의 정신을 봅니다. 일본사람들을 유럽이나 서구 문명에 대한 동경을 의식 저변에 깔고 있습니다. 특히 영국에 대한 동경이 유난해 보입니다. 또한, 동경에서 끝나지 않고 철저하게 그들을 연구하고 좋은 점은 받아들입니다.

우리는 도시를 여행한다고 생각하지만 실은 여행안내서 안을 열심히 돌아다니다 오는 것인지도 모른다.

서양사람들이 인식하는 도쿄는 우리와 그 궤를 달리합니다. 오리엔탈리즘은 여전히 유효하고 그 중심에 서 있는 나라가 일본입니다. 아직도 서양사람들이 쓴 여행서는 오리엔탈리즘으로 범벅되어 있고 우리의 여행서는 점점 먹자, 놀자판이 되어 가고 있습니다.

취향과 고집을 가진 주인과 물건에 대해 대화를 나누다 그가 권하는 물건을 믿고 가져올 수 있는 상점들은 이제 거의 사라져가고 있다.

우리는 짧은 기간에 엄청난 경제성장을 이루었습니다. 그런데도 한 가지 아쉬운 점이 있다면 다양성의 상실입니다. 동네 작은 가게들은 모두 프랜차이즈로 옷을 바꿔입은 지 오래입니다. 김영하 작가는 이것은 신뢰의 문제인데 도쿄는 이런 신뢰 비용이 낮은 도시라고 말합니다.

개성 있는 일본 가게들을 보면 부럽다는 생각이 듭니다. 명동만 봐도 알 수 있습니다. 높은 임대료는 작지만 아름다운 가게들을 다 몰아냈습니다. 예전에 명동 거리를 걷다가 일본인 관광객이 하는 소리를 듣고 참담해졌습니다. "뭐야, 화장품 가게밖에 없잖아!"

그것은 쇼핑이면서 동시에 산책이고 산책이면서 동시에 도시와 나누는 특수한 방식의 대화라고 할 수 있다.

한국을 방문한 외국인들도 이런 특수한 대화를 원하고 있지 않을까요?

도쿄라는 도시가 꾸는 한 편의 꿈, 그것은 오다이바

오다이바는 작가의 말처럼 "유럽을 재현하되, 유럽에서 불쾌한 요소는 다 제거하고 환상만을 남겨둔 곳, 근대 이후 일본이 제창해온 탈아입구의 쇼핑몰 버전"입니다. 오다이바는 정말 쇼핑몰의 결정판이 아닌가 하는 생각이 듭니다.

작가의 통찰에 그저 대단하다고, 그리고 막연했던 느낌들을 정리해줘서 고맙다고 말하고 싶습니다. 적어도 여행기에는 이런 작가의 숙성된 생각이 담겨야 하지 않을까요?

미야자키의 친절한 택시 기사님

#일본택시 #미야자키 #일본소아과 #고령화 #실버파워

"열이 40도다! 이걸 어쩌지?" 8년 전 여름, 일본 휴양 도시 미야자키에 간 첫날 밤, 둘째 아이가 탈이 나고 말았습니다. 아무리 한여름이지만 아이스크림 흡입 후 풀장에서 3시간 놀기는 다섯 살 아이에게 무리였습니다. 밤새 한숨도 못 자고 물수건으로 아이 열을 내리느라 진땀을 뺐습니다.

고요하기만 한 태평양을 밤새 바라보며 "내가 왜 이 여행을 왔나, 아니고…" 이러면서 새벽을 맞이했습니다. 날이 밝자, 밤새 저의 원망을 들어서인지 바다는 더 파랗게 멍이 들어 보였습니다.

천만다행으로 열은 쑥 내렸지만 아이 입과 입술에 물집이 잡혀있었습니다. 아침에 호텔 프런트에서 받은 근처 소아과 지도를 들고 호텔 로비에서 택시를 탔습니다. 기사님은 한눈에도 70살은 넘어 보이셨습니다. 안 그래도 몸과 마음이 피폐해진 저는 삐딱한 마음이었습니다.

'할아버지가 길은 잘 아실까?'

소아과로 간다며 종이를 보여 드리자 흘낏 보시더니 "아~" 하십니다. 그러더니 별말씀 없으십니다. 괜한 걱정을 한 제가 무안할 정도로 길을 잘 아십니다. 한 15분쯤 지나 목적지에 도착했습니다. 타고 가면서도 걱정은 계속되었습니다.

'호텔로 돌아갈 때는 어떻게 하나? 이 동네는 택시도 별로 안 다니는데 이 더운 날씨에 아픈 아이랑 아이 둘이나 데리고…'

인사하고 내리려는데 기사님이

"한 시간 이내면 주차장에서 기다릴게요. 병원에 가서 얼마나 기다리면 되는지 물어보고 와요."

아, 이렇게 고마울 수가. 우리가 호텔에 가기가 쉽지 않다는 걸 알고 배려해 주신 겁니다. 병원에 가 보니 사람이 많지 않아 한 시간 이내면 가능할 것 같았습니다. 얼른 택시로 돌아가서 기사님께 기다려 달라고 부탁했습니다.

일본에서 병원에 간 것은 처음이었습니다. 접수하고 기다리며 호기심에 병원 안 이곳저곳을 살짝 둘러보았습니다. 아침 8시 30분인데 벌써 우리를 포함한 대기 환자가 8명이었습니다.

한 15분쯤 기다려 순서가 왔습니다. 의사 선생님도 나이가 꽤 있으셨습니다. 적어도 70살은 넘어 보이셨습니다! 병원이 아기자기 예쁘게 꾸며져 있기에 의사가 젊은가 생각했던 저는 조금 놀라기도 하고 당황도 했습니다.

한국에서는 나이가 좀 있는 소아과 의사를 대학병원이 아니면 만나보기 어렵습니다.

아, 저는 또 약간의 불신을 하고 있었습니다. 제가 왜 이러죠? 그러나 진찰하시는 모습을 보고 다시 걱정이 사라졌습니다. 아무래도 수족구인 듯하다 말씀드렸더니 아이를 면밀하게 살피십니다. 안경도 안 끼셨습니다. 아이의 작은 손바닥을 보고 보고 또 보십니다. 거의 코가 닿을 정도로 몸을 숙여서 말입니다. 청진기로 아이의 폐 소리도 한참을 듣습니다. 너무나도 열심인 그 모습을 보고 저는 감동했습니다.

"수족구는 아닙니다. 안심하세요."

확신에 찬 목소리. 그 순간 저는 정말 안심했습니다. 진찰받고 맞은편 약국에서 약을 타니 정말 거짓말처럼 딱 1

시간이 지나있었습니다. 택시를 타고 돌아오는 길은 그야 말로 룰루랄라 콧노래가 절로 나왔습니다.

타고 가면서는 한마디 대화할 마음의 여유가 없었는데 돌아가는 길에는 기사님과 이런저런 이야기도 나누었습니다. 그 더운 날 우리를 한 시간이나 기다려주시다니. 당연히 기다린 한 시간 동안의 요금도 안 받으셨습니다. 이 '당연히'는 기사님이 요금을 당연히 받으실 분이 아니라는 의미입니다.

요즘 한국에서도 고령화, 인생 이모작에 관한 이야기가 이슈입니다. 일본의 여러 사례가 언론에도 많이 소개되고 있습니다. 무려 100살 정도 된 회사원이 있다는 이야기부터 몇 년 전에는 75세의 작가가 아쿠타가와상을 수상했다는 기사도 접했습니다.

한국도 고령화 사회가 빠르게 진행되고 있지만, 그에 대한 인식이 아직 낮다고 생각됩니다. 일본의 실버 파워를 실감해보니 나이 듦의 장점이 새삼 더 느껴집니다. 그것은 바로 여유와 배려와 연륜일 것입니다.

한 시간을 기다려 주는 여유와 배려, 아이가 아파 정신 없는 외국인 아줌마를 안심시켜주는 연륜, 그것은 절대 젊은 사람들이 쉽게 가질 수 있는 힘이 아니었습니다.

일본, 아르바이트, 그리고 추억에 대하여

#아르바이트 #일본유학 #추억 #맥도날드

28살에 일본 어학연수를 갔습니다. 당시에는 다 늙어서 잘하는 건가 생각했는데 지금 와서 보니 너무 젊은 나이네요. 무려 20대라니. 처음 6개월은 공부만 하다가 좋은 자리가 생겨 작은 학원에서 한국어 가르치는 아르바이트를 했습니다. 한국어를 가르치는 일도 재미있었지만 한국에 관심 있는 일본 사람들과의 교류는 무척 즐겁고 보람 있는 일이었습니다.

짧은 단발성 아르바이트도 몇 번 했습니다. 짧게는 하루, 길게는 3~4일 정도만 하는 아르바이트인데 신선하고 재미있는 경험이었습니다. 한번은 오전 9시부터 오후 6시까지 점심시간 1시간을 제외한 8시간 동안 고등학교 동창회를 알리는 엽서에 주소와 이름을 쓰고 일당 1만 엔을 받았습니다. 하루 동안 그렇게 많은 일본 사람의 이름을 써보다니. 정말 특이한 아르바이트도 다 있죠?

당시에 아르바이트를 소개해주는 재단법인 내외 학생 센터라는 곳이 있어 많은 도움을 받았습니다. 도쿄 신주쿠구에 있는 그곳에서 장·단기 아르바이트 정보를 얻을 수 있었는데 모든 정보를 컴퓨터에 입력해서 전산으로 관리하고 있었습니다. 아르바이트 정보 외에도 자원봉사(보란티어) 상담도 할 수 있고 외국어를 가르치고 배우려는 사람을 위한 정보도 있었습니다. 유료도 있고 무료도 있었는데 게시판에는 아르바이트를 구하려는 한국 유학생들의 이름도 많이 보였습니다.

아르바이트를 하려면 일단 등록한 뒤 게시판에서 하고 싶은 아르바이트를 찾아 직원에게 이야기하면 됩니다. 특별히 면접이 필요 없는 경우는 담당 직원이 직접 일할 곳에 전화를 걸어서 처리해주고 면접이 필요한 경우는 면접 일자를 정해줍니다. 직원들도 굉장히 친절해서 좋은 아르바이트가 있으면 개인이 게시판에서 찾아보기 전에 어떤 것이 좋다는 이야기를 먼저 해주기도 합니다.

내외 학생센터에서 일본 학생들도 아르바이트를 소개받는데 항상 많은 학생으로 붐볐습니다. 의외로 육체노동 아르바이트가 많아서 일본 학생들의 경우 남학생이 많이 방문하는 듯했습니다. 외국인 학생용 게시판도 마찬가지지만 게시판이 두 개로 나뉘어 있어서 한쪽은 남자들만 가능한 육체노동이, 다른 한쪽은 그렇지 않은 일들이 소개되어 있었습니다.

처음 와서 잘 모르는 여학생들이 육체노동 게시판을 보고 있으면 직원이 와서 "그쪽은 남자들이 힘써서 하는 아르바이트예요"라고 친절하게 이야기해 주는 모습도 종종 볼 수 있었습니다.

일본어 학교 친구들이 하는 아르바이트는 다양했습니다. 식당에서 일하는 서비스업종이 가장 많았는데 한 친구는 커피숍에서 서빙을 했습니다. 학교 근처라 오가는 길에 친구가 일하는 카페를 자주 스쳐 지나갔습니다. 인테리어는 젊은이 취향인데 항상 나이 지긋한 손님이 많아 보였습니다.

맥도날드나 롯데리아에서 일하는 친구도 많았습니다. 햄버거 가게에서 일하는 한 친구는 학교 수업 시간에 "특기가 뭐냐"는 선생님 질문에 "햄버거를 빠르고 맛있게 만드는 것입니다"라고 대답해 교실을 웃음바다로 만들었습니다. 맥도날드는 가끔 행사 기간을 정해서 제법 크고 푸

짐해 보이는 햄버거를 200엔의 싼 가격에 팔았는데 이 기간만 되면 친구가 너무 괴로워했습니다.

이유인즉슨 빵이 세 겹인 2단 햄버거여서 만들기가 너무 힘들다는 겁니다. 빵을 굽고 패티를 굽느라 항상 손에 작은 화상 상처가 있던 친구. 아무 생각 없이 먹던 햄버거에 그런 아르바이트생의 비애가 있을 줄이야!

벌써 20년도 더 지났지만 아르바이트 이야기를 하며 서로를 다독이던 친구들 모습이 떠올라 흐뭇한 미소를 짓게 됩니다. 낯설고 힘든 외국 땅에서 같은 추억을 공유하고 있는 내 친구들.

어제는 봄비가 내렸습니다. 저는 비 내리는 도쿄를 무척 좋아했습니다. 봄비는 마치 도쿄에서의 추억들을 싣고 온 듯합니다. 비는 방울방울 터져 제 가슴을 두드립니다. 아주 기분 좋은 리듬으로, 아름다운 소리를 내면서 말입니다.

신일본견문록 『일본을 보면 한국이 보인다』
#일본론 #생존투쟁 #일본입시 #일본어한자

일본에서 생활하고 여행하면서 느낀 점 중 하나는 일본의 자연환경이 우리와 매우 다르고 이런 점이 어떻게든 일본인의 정신적 근원을 이루는 데 많은 영향을 끼쳤다는 사실입니다.

심훈 교수의 『일본을 보면 한국이 보인다』를 읽고 저의 이런 생각에 대한 의문이 풀리는 듯한 통쾌함을 느꼈습니다. 특히 '생존 투쟁'이라는 키워드로 일본 문화의 독특성을 논했다고 서문에서 밝히고 있고 이러한 생각을 다양한 예시와 사례를 들어 설명하고 있습니다.

심훈 교수는 안식년을 일본에서 보내면서 이 책을 썼다고 합니다. 1년의 체류로 이렇게 알찬 내용의 책을 낼 수 있다니 부럽습니다. 한 나라의 문화에 대한 피상적인 지식은 누구나 쉽게 가질 수 있지만 같은 것을 보고도 다르게 해석하고 기존의 논리와 결합하는 능력은 아무나 가질 수 없습니다. 놀라운 통찰과 깊은 지식이 부러울 따름입니다.

　일본에 대해 알고 있다고 생각했던 내용들에 대해 더 자세하게 다시 알게 된 것이 많다. 책을 읽는 즐거움 중의 하나가 몰랐던 사실을 알게 되는 것이라면 이 책은 그 욕구를 충분히 충족 시켜 줄 것이다.

- 심훈, 『일본을 보면 한국이 보인다』

일본인들이 온천을 좋아하는 이유에 대해 저자의 일본어 선생님이 "열도에 살면서 스트레스가 많은 일본인은 바로 그런 순간, 최고의 행복을 느낀답니다"라고 말하는 대목은 정말 공감이 갑니다. 일본은 지진이나 태풍 등 자연환경도 스트레스지만 사회생활 자체가 굉장히 스트레스를 주는 구조입니다. 온천에 가거나 저녁에 욕조에 몸을 담그면서 스트레스를 푸는 것이 이들에게는 무척 중요한 일입니다.

　멀고도 가까운 나라. 일본을 이야기할 때마다 빠지지 않는 문구입니다. 지리적으로 가까워서 서울에서 도쿄까

161

지 비행기로 1시간 40분, 서울에서 규슈까지는 1시간이면 갈 수 있습니다. 여러 가지 이동에 필요한 부가적인 시간을 고려해도 반나절 만에 갈 수 있는 나라가 일본입니다. 이런 이유로 일본에서 한국을 찾는 관광객도 많고 한국에서 일본으로 가는 관광객도 많습니다.

이런 예만 보더라도 일본에 생긴 환경적, 상황적 변화들은 가장 가까운 이웃인 한국에 어떤 식으로든 크게 영향을 미치고 있다는 것을 알 수 있습니다. 지리적으로 가깝기에 우리가 알게 모르게 많은 영향을 주고받고 있는 것입니다. 하루아침에 세계 지도가 다시 그려지지 않는 한 지속될 수밖에 없는 운명적인 사실입니다.

'유전대학 무전가업'도 흥미 있는 내용이었습니다. 돈이 있으면 대학도 쉽게 가는 일본의 교육 시스템에 관해 이야기하고 있습니다. 유치원에 잘 들어가면 대학 입학까지 자동으로 보장되는 입시 시스템이 존재합니다. '일관제'라고 불리는 자동승급제도입니다. 이런 일부 특수한 유치원 입시에서는 부모면접이 필수이며 부모의 사회경제적 능력까지 고려된다고 합니다.

저도 일본에 살면서 이 이야기를 듣고 어이가 없어서

일본인 친구들에게 물어보니 그들의 대답은 한결같이 "좋은 집안은 나라가 보호해 주어야 한다"라는 논리였습니다.

그리고 초등학교에 사교육이 거의 없다는 이야기도 재미있었습니다. 일본에 사는 지인에게도 같은 이야기를 들어서 그 이유가 무척 궁금했는데 이 책의 내용에 의하면 사교육비가 너무 비싸서 그렇다고 합니다. 높은 물가의 일본답다는 생각이 듭니다.

일본어 한마디 못하는 조선의 통신사들은 일본을 방문하는 동안, 일본 유학자들과 글을 주고받으며 아무런 지장 없이 의견을 교환할 수 있었다. 일본어를 배우지 않고서는 일본인과의 대화가 불가능한 지금으로 볼 때, 좀처럼 믿기지 않는 일은 1,000년 이상 지속되었다.

- 심훈, 『일본을 보면 한국이 보인다』

일본어는 한자까지 알아야 해서 진입 장벽이 높습니다. 배우기 쉽다면 그만큼 경쟁력이 떨어진다는 이야기니 좋을 것이 없긴 합니다. 다행인 것은 일본의 상용한자 1,945

자와 우리나라의 기초한자 1,800자는 90% 이상 겹친다는 사실입니다. 한자를 원래 많이 알고 좋아했다면 더할 나위 없고, 잘 모른다 해도 일본어를 공부하면서 한자까지 정복한다는 마음으로 공부에 임하면 좋겠죠. 어떤 분은 일본어 공부하는데 한자는 빼고 공부하면 안 되냐고 물어보시는데 절대 안 될 말씀입니다.

일본어는 우리말과 다릅니다. 한국어는 한자를 전혀 사용하지 않아도 의미 전달에 심각한 문제는 없습니다. 하지만 일본어는 띄어쓰기도 없어서 만약 한자를 사용하지 않고 히라가나로만 글을 쓰면 일본인도 전혀 의미 파악을 못 할 정도입니다.

한국에 사는 제 일본인 친구는 남편이 한국 사람이고 본인도 한국말을 꽤 잘합니다. 하지만 책을 쓱쓱 읽을 정도는 안 된다며 안타까워합니다. '공부하면 되지 않나'라고 쉽게 생각이 들 것입니다. 하지만 그게 쉽지 않은 이유는 바로 한글은 일본어처럼 한자가 섞여 있지 않기 때문입니다.

한자가 하나도 없으니 읽는 것은 금방이지만 의미를

전혀 이해할 수가 없으니까요. 결국, 한자 없는 단어들을 그대로 다 외워야 하니 어려울 수밖에요.

- 심훈, 『일본을 보면 한국이 보인다』

심훈 교수가 도쿄 체류 당시 자신의 일본어 선생님에게 한글을 배운 적이 있느냐고 하니 위와 같은 이유로 어려워서 한글 공부를 포기했다고 말합니다. 마찬가지로 일본어가 히라가나와 가타카나로만 구성되어 있고 띄어쓰기가 있었다고 가정하면 지금보다 더 배우기 어려웠을지 모릅니다. 이쯤 되면 일본어가 한자를 섞어 쓰는 것을 감사(?)해야 할 지경입니다.

일본어는 한자의 음독과 훈독이 어렵기는 하지만 한자를 알면 의미 파악이 거의 됩니다. 심지어 일본어를 전혀 몰라도 한자를 보고 단어와 문장의 의미를 유추해내는 분들도 봤습니다. 대부분 나이가 조금 있으신 분들입니다. 한국말도 한자를 많이 알면 그 의미가 더 잘 이해됩니다.

이 책은 일본에 관한 정보를 각종 자료와 통계를 적절히 잘 이용해 이해를 돕고 납득이 가게 해 줍니다. 앞으로도 일본 문화에 관한 이런 책들이 많이 나오기를 기대합니다.

[참고 자료]

전영수, 『장수대국의 청년보고서』

키워드로 만나는 일본 문화 이야기

1판 1쇄 인쇄 2022년 2월 10일

1판 1쇄 발행 2022년 2월 16일

지 은 이   최수진

펴 낸 이   최수진

펴 낸 곳   세나북스

출판등록   2015년 2월 10일 제300-2015-10호

주   소   서울시 종로구 통일로 18길 9

홈 페 이 지   http://blog.naver.com/banny74

이 메 일   banny74@naver.com

전 화 번 호   02-737-6290

팩   스   02-6442-5438

I S B N   979-11-87316-95-4 03810